Stiff Chainey

White Trash Voodoo

Herstellung und Verlag:Books on Demand GmbH, Norderstedt
Cover: Peter Ludwig (www.steelfinger.de)
Satz und Layout: Andrea Velten (www.factor7.de)

ISBN: 978-3-8370-8905-9

www.stiffchainey.com
www.myspace.com/stiffchainey
contact@stiffchainey.com

Bibliografische Information der Deutschen Nationalbibliothek

Die Deutsche Nationalbibliothek verzeichnet diese Publikation in der Deutschen Nationalbibliografie; detailbibliografische Daten sind im Internet über http://dnb.d-nb.de abrufbar.

»Die Aufnahmefähigkeit der großen Masse ist nur sehr beschränkt, das Verständnis klein, dafür die Vergesslichkeit groß (...)«

Adolf Hitler, Mein Kampf Aufl. 1943

Inhaltsverzeichnis

Vorwort zur zweiten Auflage von White Trash Voodoo

Stiff Chainey nennt *White Trash Voodoo* schlicht und ergreifend seine ›Menschenverachtungsbibel‹. In der Tat ist es ein äußerst kontroverses Buch, über das seit seinem Erscheinen viel diskutiert wurde und immer noch wird. Von der Presse wurde es abwechselnd als ›apokalyptisch‹, ›faschistisch‹ und ›gewaltverherrlichend‹ bezeichnet und sogar in einem Atemzug mit Personen wie dem österreichischen Sexualstraftäter Fritzl erwähnt. Auf den ersten Blick sind alle Zutaten der Schockliteratur vorhanden: brutaler Sex, Gewaltexzesse, perverse Charaktere. Doch all das sind Komponenten, die man nicht aus dem Kontext reißen darf. Der Anspruch des Autors war es immer gewesen, das ›Zeitalter der Kontroversenlosigkeit‹ zu beenden. Es ging ihm nie darum, das satte Bildungsbürgertum zu provozieren – dieses hat er längst hinter sich gelassen. Stiff Chainey wird niemals das Enfant terrible des (ohnehin überforderten) Feuilleton werden. Ihm geht es um die Etablierung einer Literatur, die sich tatsächlich fernab von jeglichem Mainstream befindet. *White Trash Voodoo* ist das Fundament für dieses Unterfangen. Es ist ein zutiefst morbides und drastisches Buch geworden, eine wahre Degustationsempfehlung für die dunklen Abgründe unserer eigenen kranken Seelen.

So ist es Spiegelbild und detailgetreues Abbild der realen Verhältnisse gleichermaßen.

Manch einem Leser mag das Adolf Hitler Zitat auf der ersten Seite schon übel aufstoßen, doch würde man dem Zitierenden nicht sofort Recht geben, wenn unter den Zeilen nicht eben der Name Adolf Hitler stehen würde? Mit genau dieser Ambivalenz in der Wahrnehmung spielt *White Trash Voodoo* gerne und oft; *nichts ist so, wie es scheint*. Stiff Chainey schreibt bewusst gegen Lesegewohnheiten und für die, wie er sie nennt, ›Vergewaltigten der Gesellschaft‹. In seinen Augen sind die Unverstandenen, die Vergessenen und die Ausgestoßenen die wahren Individualisten. Sie stehen über der

Masse, werden jedoch im Strudel aus Gleichgültigkeit und Apathie mitgerissen und enden schlussendlich tragisch in den Untiefen der Geschichte.

So sind die zehn Erzählungen in *White Trash Voodoo* auch allesamt Hybriden, die ihre subversive Kraft aus unterschiedlichen Strömungen beziehen. Stiff Chainey erschafft dabei ein ganz eigenes Universum, in dem eben jene Ausgestoßene und Rebellen gleichberechtigt nebeneinander ihren Platz finden. So huldigt er Größen der Undergroundkultur, wie der *Plasmatics* Frontfrau Wendy O. Williams (in *Pussy Reed)* und der radikalen Frauenrechtlerin und Warhol-Attentäterin Valerie Solanas (in *S.C.U.M on me!)* ebenso wie er die lange indizierte Collage *Black Wonderland* dem kontroversen Autor Peter Sotos widmet.

White Trash Voodo ist also Anti-Pop in Reinkultur, und der Teufel liegt im Detail: Selbst im comichaften, grellbunt-poppigen, an Robert Williams angelehntem Coverartwork finden wir bei genauerem Hinsehen die gleiche, pure Destruktion, die wir auch in den Erzählungen selber wiederfinden.

Als Vergleich in Bezug auf die drastischen Darstellungen in *White Trash Voodo* wurde oft der Film ›Salo‹ (Die 120 Tage von Sodom) von Pier Paolo Pasolini genannt, welcher zugleich tatsächlich einer der Lieblingsfilme des Autors ist. Jeder, der den Film gesehen hat, wird bestätigen können, wie lange und nachhaltig seine Wirkung ist.

Genau um diese Art von Wirkung geht es Stiff. In dieser Hinsicht ist er ein Autor, der sich immer auf das Recht der künstlerischen Freiheit berufen hat. Diese Tatsache ist ihm oft zum Verhängnis geworden. Seine Bücher wurden auf den Index gesetzt, diverse Webseiten geschlossen, Computer von der Staatsanwaltschaft konfisziert. Dennoch ist er nie auch nur einen Zentimeter von seiner ursprünglichen Auffassung abgewichen.

Das ist konsequent. Genauso konsequent ist *White Trash Voodoo.*

Thomas van de Scheck im Mai 2009

Torso

Ich liebe deinen Geruch
so fein und so *wahrhaftig*.
Ganz ohne fremde Lockstoffe: sinnlich.

Du ziehst mich in deinen Bann.
Fleischeslust lockt und lockt und lockt.
Dein kleiner Kopf.
Das gelockte Haar.
Und das pulsierende Leben,
das wild durch deine Adern fließt.

Ich verfolge dich,
durch das Grau dieser Stadt.
Durch Nebel und durch den trunkenen Gesang,
der aus den Gaststätten an meine Ohren dringt,
hindurch.
Hinein und heraus, durch die Gedärme aus Beton,
die Körper aus Stahl, die Schluchten aus Metall,
der stinkende Ausfluss einer missratenen Schöpfung.

Eine heiße Sommernacht geht zu Ende.

Mein Herz.
Es pocht so wild.
Will seinen Durst stillen.

Ich kann das Blut
durch deine weiche Kehle fließen sehen.
Mir dreht sich alles.

Ich bin nicht mehr ich selbst.
Mein Geist löst sich auf
und die Grenzen verschwimmen endgültig.

Erschlagen liegst du
im Bach unten tief im Wald.
Schwarz ist die Nacht über uns hereingebrochen
und hat uns überrascht.

Im Mondschein schleife ich deinen kleinen Körper
in den dunklen Kohlenkeller.
Behutsam.
Behutsam.

Dein weißes Kleid ganz schmutzig.
So voller Ruß.
Doch du, du glänzt wie ein Engel.

Ich bette dich auf nassem Holz.
Weiß, wie neuer Schnee, ist deine Haut.
Deine Lippen wie ein Abendmahl
für verlorene Seelen.

Deine Arme trenne ich ab
mit einem spröden Messer.
Schwer ist es und alle Kraft brauche ich.

Deine Beine reiße ich dir fast aus.
Zu stumpf ist die Klinge.
Langsam ruft der Morgen.

Ein Schritt nach dem anderen.
Ich höre die Stimmen, wie sie zu mir sprechen:
»Langsam und sachte …!«

Du gleichst nun einer kaputten Puppe.
Niemand da, der dich repariert.
Der dich zusammenflickt.
Dein Haar so weich.

Du bist verloren, für immer.
Deine Seele schwebt mit den Engeln,
doch ich vergesse dich nicht.

Deine Augen stets in meiner Erinnerung.

Bis zum nächsten Mal,
wenn die Glut lodert in mir,
wenn mir das Herz fast herausschlägt,
und ich den Durst des Wahnsinns in meiner Kehle spüre.

Black Wonderland Pt. I

Dedicated to Peter Sotos

Dort draußen ist ein Wunderland.
Disneyland ohne Regeln.
Es ist ein schwarzes Wunderland, durch das wir gehen, obwohl wir es nicht sehen können.
Hier fickt Barbie ihren Ken, und schießt ihm dann mit einer 44er in den Kopf.
Das Beste ist, dass alle lachen.
Das schwarze Wunderland ist ein Monstrum.
Eine Vergewaltigung deiner Sinne.
Irgendwann frisst es dich auf und du bist tot

Wir knien vor keinem Lügner im Schmutz, wir beten ihn nicht an. Seine Worte sind Gift. Gott hat uns geschaffen und uns das Paradies versprochen – doch stattdessen vergewaltigte, ermordete und brandschatzte er, und so taten wir ihm gleich. Mit jedem Stück Leben, das ausgelöscht, mit jedem Kind, das wehrlos geschändet, mit jedem Stück verbrannter Erde kommen wir Gott nun ein Stück näher. Hass treibt uns an, nicht Liebe. Hass pflanzte er in unsere Herzen. Er stürzte uns aus dem Paradies und erschuf uns ein Exil, das wir nur zerstören konnten. Die Fähigkeit zu wahrer Liebe riss er uns aus dem Herzen.

Sechs Milliarden Menschen. Sechs Milliarden Zellhaufen mit einer fehlgeleiteten Schaltzentrale. Sechs Milliarden, die nach Einkaufszentren, Plasmabildschirmen und der letzten Erleuchtung lechzen. Nach der letzten Ölung mit Gottes eigenem Sperma. Sechs Milliarden Monster, die fressen, scheißen und sich gegenseitig die Köpfe einschlagen. Sechs Milliarden, die Dreck und Kotze fressen und es für die neue Süßigkeit halten und ihre gierigen Schlunde aufreißen. *Mehr davon!* Sechs Milliarden, die alle diese unendlich scheinende Treppe zum Nirwana hinaufklimmen und sich gegenseitig das Fleisch von den Rippen nagen, bis nur noch ihr graues, pulverisiertes Skelett übrig bleibt. Sechs Milliarden, die sich besinnungslos besaufen an deinem Blut, an deiner Pisse, an deinem Sperma. Die deine Kackwürste in sich reinfressen, wenn der heilige Geist es denn will. Sie alle möchten Gottes liebste Kinder sein und strengen sich an, so wie die zahnlosen ›Mitarbeiter des Monats‹ bei McFuck gleich um die Ecke. Sie strengen sich so sehr an, dass sie einfach über diese warmen, fremden Körper hinwegsteigen, so lange, bis diese warmen, fremden Brustkörbe zerbersten und diese warmen, fremden Weichteile wie Gallertmasse zerplatzen. Und dann bauen diese Schweine ihren persönlichen Turm zu Babel aus totem, stinkendem Fleisch, und während sie das große, verfaulende Bauwerk bestaunen, essen sie Kaviar auf perlmuttfarbenen Oblaten und lassen sich die Geschlechtsteile von räudigen Hunden abschlecken.

Und tragen dazu mausgraue Anzüge.

Sechs Milliarden, die alle wieder ins Paradies zurückwollen. Die alle den Apfel vom Baum der Erkenntnis am liebsten auf der Stelle wieder auskotzen und dumm wie Barbie und Ken in einer geruchlosen Plastikwelt vor sich hinvegetieren würden. Eine geschlechtslose Paris Hilton in einer Welt, die du dir fein säuberlich aus deinem Urlaubsprospekt für die Karibik ausgeschnitten hast. Und eine Frage steht wie ein einziger Schmerz mitten im Raum: Wo liegst du im *Ranking?* Unter all diesen verzerrten Gesichtern, unter all diesen gelebten Albträumen, mitten in diesem menschlichen Tritonus. *Wo stehst du?* Liegst du noch vor dem sabbernden Inder, der nach Curry stinkt und an einen Gott mit sechs Schwänzen glaubt? Bist du mehr wert als der schwitzende dreckige weiße Mittelklassemüllhaufen, der in einem Container aus Konsumabfall lebt und seinen eigenen Kindern in den Arsch fickt? Bist du im Angesicht des Herrn mehr wert als der verkrüppelte, kranke Nigger, der neben dir in der U-Bahn sitzt und an die weiße fleischige Möse deiner Frau denkt, wie er sie ausleckt und wie der Saft deiner Ehefrau noch ein wenig nach Angst und Pisse stinkt und schmeckt?

Gott lacht uns aus. Sieh das endlich ein. Er scheißt auf uns. Er hat uns längst vergessen. Er hat uns aus Adams Rippe eine riesengroße, feuchte Fotze modelliert und uns dann verbannt. Er scheißt uns lachend in unseren Rachen. Auf dass wir ersticken. Wir sind Ahnungslose auf dem Schafott. Wir sind die kleine, sabbernde, mongoloide Armee, die ihre eigenen Gedärme frisst und sich lachend in ihr eigenes Grab legt. Denn nach K-Mart, Wal-Mart, Super-Mart, 247, Jeopardy!, Big Brother, American Idol, Casting-Shows, dünnem Bier und Radiohead kann einfach nichts mehr kommen.

Dieses Gefühl sucht dich heim, wie Dämonen den Sünder. Es ist dieser einzigartige Gestank, der alles überzieht wie einen dicken, klebrigen Zuckerguss. Es ist deine persönliche Geburtstagstorte aus Schweinehaut und abgerissenen Nuttennippeln, an denen noch die matte Kühle des Chirurgenstahls haftet.

Es ist derselbe Gestank, den du mit deinem ersten Atemzug eingeatmet hast, direkt nachdem du aus der schleimigen, dunklen Fotzenhöhle deiner Mutter gekrochen bist. Und es ist der Letzte, den du ausatmest, bevor sie deinen erschöpften und zerfressenen Körper im feuchten Lehm verscharren. Der Gestank bleibt einfach da – in dieser schwangeren, aufgegeilten Atmosphäre. Erhalten für die nächste Generation Arbeiterbienen, die in der Kasse eines Supermarktes stehen und an 12-jährige, rosige, unberührte

Löcher denken und überall Fotzen riechen. Ja, *Fotzen*. Riesige, fleischfarbene Löcher, die nur durch Makeup und Lidschatten überdeckt werden. Die überall auf dich lauern. An jeder Ecke, in jedem Abfalleimer, in jeder Gosse. Diese verseuchten Löcher, die wie eine unsichtbare Pest über das Land herfallen und in das Bewusstsein einsickern. *Dieses Gefühl sucht dich heim, wie Dämonen den Sünder …* es kocht langsam in dir hoch und verwandelt dein Blut in kleine Kristalle, die sich durch dein Nervensystem bomben. Ganz langsam. Purpurne Dekadenz. Irgendetwas verbrennt in deiner kleinen Schaltzentrale und überschreitet einen unsichtbaren Siedepunkt. Die Kristalle in deinem Blut wandeln sich zu Quecksilber und lösen diesen *einen* Mechanismus aus, der in den Untiefen deines Leibes, zwischen unwegsamem Gewirr aus Venen, Arterien, schleimigen Gedärmen versteckt liegt. Und den du selber nicht verstehst. Der dich innerlich zerfrisst.

Liebe-Friedenundwirsindalle-Brüder. Du weißt, wir sind keine Brüder. Du weißt, das sind alles Lügen. Wir sind alle Lügner. Doch gerade deswegen sind unsere Lügen wunderbare Momente der Wahrheit. Weil sie aufrichtig sind wie selten etwas in diesem Leben.

Es ist die Ahnung eines bestimmten Duftes, den deine Nasenflügel im Chaos des menschlichen Wühlens wahrnehmen. *(Du fühlst dich wie ein großes, fettes Schwein, das auf den letzten Tropfen Pheromon in einem Stück Scheiße reagiert, das am Hacken eines großkotzigen Stiefels durch die ganze Stadt getragen wird.)* Und das ist es: die Wahrheit. Du bist ein geiler Drecksack, der seiner eigenen Mutter an ihren faltigen Nippeln lekken würde. Du bist stinkender Abfall, der sich im Abfalleimer windet. Jeder kann dich sehen: Du bist nackt und du hast dich mit Scheiße beschmiert. Du lachst wie ein Irrer. Der Anblick dieses toten Kindes, das achtlos in einer Straßenecke liegt, öffnet deine Schleusen und lässt dir das Blut wie Torpedos in die Schwellkörper schießen. Die Flügel gebrochen und in ihrem eigenen getrockneten Blut begraben. Sie ist das Symbol für dieses verdammte gescheiterte Experiment. Sie haben versucht, an deinen Knöpfen zu drehen. Sie haben dir einen Fernseher in das miefige Wohnzimmer gestellt und ihre giftigen Nebel durch die Bildröhre geblasen. Sie haben dir Urlaub in der Sonne versprochen, wenn du dich gut führst. Sie haben dich mit Luxus aus Versandhauskatalogen geködert. Sie haben dir den besten Fick deines jämmerlichen Lebens in Aussicht gestellt: diese kleine, süße, unschuldige Göre mit dem nichtssagenden Körpergeruch, der du das Hymen mit deinem Stahlschwanz durchlöchern musst, der die Pisse und das Blut an ihren Beinen herunterläuft und die aus voller Kehle nach ihrer Mutter schreit. Du hast dich ausgekotzt an ihren guten Taten. Und eines Morgens ist etwas passiert: Du bist aufgewacht und hast *begriffen.*

Die Gesetzmäßigkeiten, nach denen du funktionierst? Diese riesige, feuchte Erektion brandmarkt dich und macht dich zu einem Spielball. Du weißt, dass du dir nehmen wirst, was du dir nehmen willst. Und du willst dieses von Maden zerfressene Fleischloch, in dem du dich abreagieren kannst. In das du dich scharf wie eine Rasierklinge entladen kannst. *Und dieses Gefühl …* es zieht durch deinen ganzen Körper: von deinen Fersen bis hoch in dein Genick. Du weißt: Es ist Sünde, aber du brauchst es. Und niemand wird dich aufhalten. Niemand wird dich daran hindern, es dir zu nehmen. Du schaltest ab. Du achtest nicht mehr auf die Stimmen um dich herum, die im Lärm der Stadt zu einem einzigen großen Geräusch kopulieren. Du achtest nicht mehr auf Ampeln, Geräusche, Signale. Auf Licht, Musik und Geruch.

Du willst nur in diesen dunklen Raum.

Du hast es noch nie gemocht: dieses langsame Herantasten, das Zaghafte. Zärtlichkeit. Die langsamen Berührungen, die den Reigen einer langen Liebesnacht eröffnen. Die Sanftheit und Wärme eines einzelnen Kusses. Nichts regte sich. Dein Herz pulsierte unter Null. Deine Zunge leckte mechanisch über nackte, warme Haut, deine Finger wühlten sich in das schleimige Fleisch einer nassen Möse. Dir wurde kalt. Du sahst das Weiß ihrer großen Augen in der Dunkelheit. Du hörtest das lang gezogene Stöhnen. Immer wieder wie ein nicht enden wollendes Band. *Sie mag das.* Das alte Rein-und-Raus-Spiel. Harte und kurze Stöße, deine Finger pulen sich bis zum Anschlag in ihr triefendes Loch, bis fast deine ganze Hand in ihrem aufgeblähten Balch verschwindet. Du hast es immer schon *gehasst.* Die ganze Lächerlichkeit. Der Schweiß.

Ist es gut, so wie es sich anfühlt? Nun weißt du es. So fühlt es sich an. Wie ein einzelner Schrei, der in deinem Kopf explodiert. Sie saugte an deinem Schwanz und du dachtest die ganze Zeit daran, wie du ihr den Arm brichst. Genau, wie du ihr mit voller Wucht in die Seite trittst, ihre Schwäche ausnutzt, wie du ihr deinen ganzen Hass in diese dämliche Fresse rotzt und ihr dann den Arm auf den Rücken verdrehst und ihn zerbrichst wie ein Streichholz. Einfach so. Doch sie saugte einfach weiter an deinem Schwanz, bis du deinen salzigen Saft verspritzt hattest. Ein unmerkliches Zucken in deiner Lendengegend. Es fühlte sich an, wie eine kleine Sportverletzung. Es ist Nichts. Du hast ihren Kopf umfasst, den Kopf mit den billigen, blonden Haarsträhnen. Du hast ihn zurückgedrückt. Wieder um deinen Schwanz gestülpt. Du wolltest ihren wunden Schlund spüren. Ihre Zähne, ihren Hals, ihre Kotze, die an deinem Schaft herunterläuft.

Das absolute Nirwana. Hitze in deinem Schädel. Dein Hirn zerschmilzt. Du wolltest, dass es sich wie ein KO anfühlt, wie ein Schlag mitten in deine Fresse. Du wolltest einen Stiefel auf deinem Hinterkopf, der Knochen zerbersten lässt, du wolltest ein Stahlrohr, das deinen nackten, bepissten und mit Kacke beschmierten Körper Stück für Stück zertrümmert. Eine Hammerspitze, die sich ihren Weg direkt durch dein Auge in das kleine, kranke Paket bahnt, das sie Verstand nennen. *Epizentrum*. Und all das willst du für sie. Diese kleinen, zierlichen, schlaksigen Backfische. Du willst ihr in diese stumpfen blauen Kleinmädchenaugen gucken, wenn sie an deinem erigierten Schwanz nuckelt wie an einem riesigen Lolly aus pulsierendem Fleisch. Und wenn du abspritzt, dann willst du ihren Ekel sehen, wenn dein Saft sich wie eine große, weiße Made auf ihrem Gesicht verteilt. *Sie soll es schlucken!* Diese verdammte Hure, dieser nichtsnutzige Sack aus Sehnen, Fleisch und Knochen, dieser Überbau der stumpfen Geilheit mit einem zu stopfenden Loch in der Mitte. Sie soll deinen Saft schlucken, diesen milchigen, kranken Ausfluss, den deine beiden Hoden in rauen Mengen produzieren und den du dir rauslutschen lassen musst, um nicht verrückt zu werden.

Du willst ihren verkrampften Gesichtsausdruck sehen, wenn sie die ganze salzige Pampe runterschluckt. Du willst es in ihrem kleinen Kopf rattern hören. Diese verfickte Schlampe. *Teufelswerk!* Du fickst ihr Gesicht, ihre Milchzähne schaben an deinem Schwanz und irgendwann schlägst du ihr sie aus, damit sich ihre Lippen ganz um den Schaft saugen können. Damit diese verdammte, stinkende Fotze dich nicht beißen kann, selbst wenn sie wollte. Dein Herz rast und du legst den Seidenschal, den dir deine Mutter geschenkt hat, um ihren Hals und ziehst zu. Wenn du sie röcheln hörst, dann könntest du gleich in ihre weinerliche Kinderfresse abspritzen. *Weil du weißt, sie hat Angst*. Denn die Angst kriecht aus ihrer Möse heraus. Sie sondert sich in der Luft ab, und du spürst sie feucht an deiner Nasenwand. Wenn du ihre geschwollenen Adern unter deinen Fingerkuppen fühlst, kocht dein Blut. Ihre Knöchel sind von dem Metall der Handschellen aufgesprungen; du willst Salz in ihre Wunden reiben, um sie am brennen zu halten. Du willst ihr in das Gesicht pissen, willst ihren Rücken mit Rasierklingen bearbeiten und das Blut weglecken, willst die Sehnen freilegen und ihre Muskeln wie blutige Putzlappen zucken sehen. Ihr dieses fiese, kleine Loch zwischen ihren Schenkeln aufreißen, das dich immer weiter in den Wahnsinn treibt. Sie zunähen, wie eine Weihnachtsgans und dann langsam schmoren, bis ihre Haut aufplatzt und schwarz wird. Bis sie zu Kohle wird, und dann auf ihre Asche scheißen.

Du hast sie seit drei Wochen in diesem kleinen, feuchten Drecksloch.

Du hast ihren Namen vergessen.

Im Schwarz der Nacht verschwimmt alles, verschwimmt dieses graue, fahle Gesicht, diese baumelnden, faltigen Titten, dieses Konstrukt aus Sehnen und Muskeln, das ihre Fotze ist, zu einer harten, kalten Wand, die du zerstören willst.

Du beobachtest die Fliege, die sich an der Wand festgesetzt hat.

Die dich zu beobachten scheint, mit ihren feuchten, kalten Insektenaugen.

Dein Puls zieht dir eine eiserne Manschette um den Hals. Du kannst kaum atmen. Du spürst die Geilheit, die Feuchtigkeit tritt aus dem kleinen schwarzen Loch in deinem Schwanz. Jeder Luftzug brennt wie Feuer. Dir kriecht die modrige Nässe des Kellers in die Nüstern.

Du siehst sie. Eine speckige alte Fotze. Irgendwo wird sie vermisst, von Bier saufenden kleinen Wichsern, die in ihrem Leben niemals echte Lust verspürt haben. Diese kleine Göre, mit ihren fetten, hängenden Titten und ihrer Möse, die wie eine offene Wunde aussieht. Du hast ihr dieses kleine, enge Loch mit einer Rohrzange aufgerissen, bis sie ohnmächtig wurde. Ihre Schamlippen mit der flachen Seite der Zange abgerissen und sie ihr durch das Gesicht gewischt wie einen alten Lappen.

Und jetzt ziehst du ihr die Haut ab. Langsam. Du ritzt sie an wie eine Orange, mit einem feinen, scharfen Messer und dann schälst du sie säuberlich, ihr roter Saft rinnt ihr in Sturzbächen an den Nähten herunter und die kleine Hure hält den Kopf nicht still. Du prügelst sie mit einem Eisenrohr, bis sie Ruhe gibt, diese verdammte Drecksnutte. Sie blutet aus ihren Ohren, aber du schreist sie trotzdem noch an.

Und dann gibst du Ruhe und betrachtest sie. Ihre Möse, die nun nur noch ein blutiges Stück Dreck ist. Ihren süßen kleinen Kopf, mit dem ach so süßen Lächeln, aus dem schwarzes Blut läuft. *Dieser süße, kleine Fratz.* So schön, mit dem gebrochenen Rückgrat. Du wirst ihr das Mark aus den Knochen saugen, wenn du sie ganz geschält hast und es wird gut schmecken.

Du wirst ihr Skelett ficken, deinen Schwanz zwischen ihre fleischlosen Rippen zwängen und auf und ab bewegen, bis du den kranken Saft verspritzt.

Und dann siehst du doch diese Schönheit. Du siehst diesen perlenden Schimmer auf ihrer kranken fahlen Haut. Auf dieser gepeinigten Haut. Dieser Hurenhaut. Du siehst es, nur für einen Moment. Doch sie ist da. Du siehst sie in dieser Endlosspirale, die sich immer weiter in deinem Bewusstsein auflöst. Diese feingliedrigen Hände, die über warme, nackte Haut streicheln. Diese normale Struktur, der sie alle nacheinander verfallen, irgendwann in diesem Leben. Diesem faden Aufguss.

Sie werden zu diesen Müttern, die sie nie sein wollten. Doch du machst sie zu Huren. Zu kleinen, ekelhaften Nutten, die du selber kaum ertragen kannst, deren physische Nähe dich fast kotzen lässt.

Du warst dreizehn Jahre alt.

Manche sagen, du wärst zu jung gewesen. Doch auf diesem Rücksitz sahst du gut aus, mit deinen lasziv geöffneten Beinen und dem Streifen weißen Slip, der unter deinem Rock hervorguckte.

Zu gut … und es war kein einfacher Baumwollslip. Es war etwas mit Stil. Den Rock hatte dir deine Mutter genäht, ein Jahr zuvor. Er war reichlich kurz und eng geworden im vergangenen Jahr. Trotzdem hast du ihn getragen. Du hast deinen kleinen, festen Arsch hin- und hergewackelt und wusstest genau, die ganze Straße sieht dir dabei zu. Und alle konnten deine nasse Fotze riechen, glaub' mir. Alle hatten schon den Geschmack deiner Säfte auf der Zunge. Dein Vater war ein Säufer. Wir sahen ihn immer in dieser Bar an der Ecke.

Er war unglaublich fett und schmierte seine wenigen Haare mit Pomade an seinen eckigen Riesenschädel. Mit seinen dicken Wurstfingern betatschte er jeden Zentimeter verschwitzter Haut, die ihm diese faltigen, alten Fotzen anboten. Er soff eine Menge in sich hinein. Er hat dich im Suff gefickt, das haben sie in der Siedlung erzählt. Jemand hat dich dabei beobachtet, wie er dir den Rock hochhob und dir an deiner kleinen Barbiemöse herumgespielt hat. Ob es stimmt, wussten wir nicht. Für uns klang es logisch: das fette Schwein, die Kleine mit der geilen Fresse, in die wir alle gerne gespritzt hätten. Wenn ich mir einen runterholte, stellte ich mir oft vor, wie dieser fette Koloss deine kleine, rosige unbehaarte Möse leckt, und wie er versucht, seinen kleinen, steifen, rosafarbenen und vor Geilheit schleimigen Schweinepimmel in dich hineinzukriegen, aber dafür viel zu besoffen ist. Wie sein massiger, weicher und wabbliger Körper sich auf dich wälzt, wie er da liegt und dich unter seinem Fett begräbt, schwer atmend, keuchend und sich dann mit seinem Arsch auf dein Gesicht setzt und du ihm die kleine Naht zwischen Schwanz und Arschloch lecken musst.

Ich habe dich die ganze Zeit auf dem Rücksitz beobachtet. Du hast es gewollt. *Das haben mir deine Augen gesagt*. Deine kleinen, geilen, verfickten Hundeaugen, die dich so unschuldig haben aussehen lassen. So wie eine kleine Puppe, der man in die Schnauze tritt und die trotzdem noch lacht.

Ich meine, was hat dich dazu bewegt? Was hat dich verdammt noch mal dazu bewegt, in meinen Wagen einzusteigen? Ich war gefährlich. Das *wusstest* du. *Jeder* wusste es. Jeder in dieser Siedlung wusste es. Sie wussten, ich hatte diesen Jungen im Keller mit Benzin übergossen und angezündet.

Er hatte überlebt und war nun nur noch ein vernarbter Fleischballen. Und sie sahen die Narben in meinem Gesicht. Die tiefen, *tiefen* Narben. Die tiefsten Narben, die du in deinem beschissen jungen Leben gesehen hattest. Sie stammten von einem Messer. Einem gewöhnlichen Küchenmesser. Keinem Messer mit schöner Klinge. Ich meine, nicht dass ich glaube, dass es etwas ändern würde. Nicht nach all den Jahren. Im Gegensatz zu deinem, war mein Vater kein Säufer. Er war ein dreckiger Sadist. Aber das ist keine Entschuldigung. Nicht nach all den Jahren. Mein Vater war LKW-Fahrer und nie da. Meine Mutter war eine farblose Frau mit schlecht frisierten Haaren, die Kaffee und Zigaretten frühstückte und permanent nach altem, ranzigem Schweiß stank. Eine verdammte Dreckshure, wenn du mich fragst. Die billigste Dreckshure der ganzen Stadt. *Mein Vater war LKW-Fahrer und nie da.* Meine verhurte Mutter lutschte ständig andere Schwänze. Die Möse meiner Mutter war eine schwanzempfangende Kloake, die sie mit dem Sperma fremder Männer ausspülte. Die fremden, großen Männer grinsten mich an, wenn sie durch die Türe unserer Wohnung traten. Sie grinsten und schwiegen und gingen weiter in das Schlafzimmer. Meine Mutter saß dort auf der braunen Ledercouch, in ihrem fleckigen Bademantel und ihrem fettigen hochgesteckten Haar, mit dem sie ständig herumspielte. Tausend Lagen Makeup auf ihrer löchrigen, großporigen Nuttenhaut. Ich sollte draußen spielen, wenn die großen, fremden Männer kamen, doch ich habe sie beobachtet, durch ein Loch in der Speisekammer, die direkt hinter dem Schlafzimmer lag. Ich habe sie beobachtet. Ich habe meine Mutter gesehen, wie sie unter diesen schwitzenden Körpern lag und stöhnte. Wie sie die Riesenpimmel in den Mund nahm und saugte und leckte und sich mit diesem weißen Zeug anspritzen ließ. Das weiße Zeug, das aus den Pisslöchern der Schwänze herauspulsierte und an den Wangen und den Brüsten meiner Mutter herunterlief. Wie diese Riesenpimmel in ihrem Arsch verschwanden und die fremden, großen Männer keuchten und Geräusche wie Affen machten.

Die Nuttenfresse meiner Alten. Immer wieder.

Und dann mein Alter, der mich an den Tagen, an denen er zu Hause war, an den Stuhl in der Küche fesselte und mit seinem Küchenmesser aufschlitzte.

Mir auf meinen kleinen Pimmel schlug und mir seine groben Finger in das Arschloch schob und mich meine eigene Scheiße ablecken ließ.

Du erinnerst dich an ihre schwarzen Stiefel? Diese graue Schleife an dem oberen Schaft, wo das raue Wildleder endete und ihr weißes Fleisch preisgab. Zwei perfekt geformte Beine, die in einem festen Rumpf aus dunklen, krausen Haaren und üppigen Brüsten verschwanden. Und diese knallroten Lippen. Nuttenlippen, die du gerne mit deinen Fingern auseinandergerissen hättest, damit sie dich nicht so anstarren.

Sie war deine Lehrerin. Du solltest Klavier spielen lernen. Deine Mutter wollte es so. Sie wollte dich doch so gerne spielen sehen. Und du spieltest – in viel zu engen Hemden mit gestärkten Kragen, die dir die Luft abdrückten. Du spieltest für sie und ihre Freunde, die wie hinter Plastikfolie eingeschweißt dasaßen und fauligen Atem aus ihren Lungen pumpten. Du hast es nur für deine Mutter getan, diese ungefickte, barmherzige Schwester. Sie war sehr stolz auf dich. Seitdem dein Vater gestorben war, fiel ihr nichts Besseres ein, als jeden Tag zu beten. Und seit der Beerdigung trug sie schwarz. Sie verlangte, dass du dem Kirchenchor beitrittst. *Dem Herrgott lobst!* Du hättest es lieber gehabt, wenn sie sich ficken lässt. Oder wenn du sie fickst.

Sie hat dich immer zu den Proben gefahren. Dort hat sich der Lehrer jede Stunde einen anderen Jungen auf den Schoß gesetzt. Man durfte sich dann ein Lied aussuchen. Du musstest länger bleiben und mit ihm gemeinsam aufräumen. Im Waschraum hat er dich angefasst. Zwischen den Beinen, hat an deinem kleinen Penis rumgedrückt, der automatisch hart wurde und du nicht wusstest, was geschah. Er hat dich mit seinem schiefen Gesicht angelächelt und dir leicht in den Nacken gebissen. Du wolltest weglaufen, doch du bist einfach erstarrt, wie eine Säule aus Stein. Er hat dich im Nacken

sen gekommen warst. Du wolltest nur in die Badewanne. Du hast ihn nach Tagen noch an dir gerochen. Nach tausend Liter Wasser hast du ihn immer noch auf dir gespürt und gerochen. Diesen beißenden Geruch. In diesem Moment hast du dir geschworen, ihn leiden zu lassen. Du hast den Wagenheber deines Vaters genommen und auf ihn gewartet. Er wohnte in einem kleinen Haus in einer Seitenstraße nahe der Kirche. Sein Vorgarten war verwildert und du hast dich hinter den krummen Apfelbaum gestellt, der wie eine Vogelscheuche in den Himmel ragte. Lange hast du gewartet. Lange Stunden, in denen du Angst hattest. In denen du dir vorgestellt hast, wie du ihn erschlägst. In denen du an dir gezweifelt hast. In denen du weglaufen wolltest. Und dann kam er. Du spürtest, wie dein Herz kalt wurde, wie deine Hände den Wagenheber fest umgriffen, und wie dein Atem flach und ruhig wurde. Er sah dich sofort und blieb stehen. Du bist aus deinem Versteck hervorgetreten und du hast gegrinst. Sein Gesicht wurde hart wie Stein und dann hast du zugeschlagen. Der Wagenheber prallte auf seine Wangen und drückte sie ein wie Mus. Er ging sofort zu Boden. Er fiel in sich zusammen wie ein nasser Sack. Du hast dich gewundert, dass er so wenig aushielt. Er zitterte und zuckte, und du hast ihm die Schlüssel aus seiner Hosentasche gezogen. Du hast gekeucht und es war anstrengend, ihn über die steilen Verandatreppen in das Innere seines Hauses zu schleppen. Dein Gesicht war verschwitzt und die Haare klebten an deinem Kopf. In seiner Wohnung roch es nach schalem Bier und nach Sauerkraut. Du hättest dich erbrechen können, doch du hieltest es gerade noch zurück. Es kostete dich viel Kraft, ihn in sein Wohnzimmer zu schleppen. Er war schwer und du hast seinen Schweiß gerochen. Dieser Geruch ist dir bis heute in der Nase geblieben. Du hast dich vor ihn hingestellt und den Reißverschluss deiner Hose aufgemacht. Du weißt nicht mehr warum, aber du hast ihn angepisst. Du hast deinen kleinen Schwanz rausgeholt und ihm mitten in sein Gesicht gepisst. Der gelbe Strahl trifft auf die großporige Haut und es läuft an ihm herunter. Eine dunkle Lache bildet sich auf dem alten, schmutzigen Teppich. Und dann hat es in deinem Bauch angefangen zu beben, und du wolltest zuschlagen. Doch du hast den Wagenheber fallen gelassen und hast dich mit Tränen in den Augen auf den Boden gekniet. Dein Mut drohte, dich zu verlassen. Doch die Wut und der Hass waren größer. Du hast dich in der Wohnung umgesehen. Sorgfältig und überall. Du hast diesen verrosteten Dosenöffner in einer kleinen, unscheinbaren Schublade gefunden, in einer Kommode aus Holz, direkt neben dem Küchentisch. Du wusstest zuerst nicht, was du mit ihm anstellen sollst. Doch dann nahmst du ihn in beide Hände und hast an diesem Schädel gesägt. Diesem riesigen, stumpfen Schädel, der über allem zu thronen scheint. Mit aller Kraft, immer und immer wieder dieselben Linien. Du willst, dass der Schädel bricht, du willst ihn zermahlen bis auf einen kleinen Haufen weißen Staub. Deine Hände zittern und der Dosenöffner fällt dir immer wieder aus der Hand. Kleine Furchen zuerst, aus denen ein wenig Blut tropft, das Weiß der Kopfhaut, hellgelbe Knochen, hart und glatt. Keuchend machst du weiter, aus den kleinen Furchen werden brüchige Linien, aus denen der Liquor quillt. Und dann endlich bricht der Knochen und schwitzend schlägst du diesen Schädel auseinander. Du schälst ihn fast, und greifst mit deinen schmutzigen Fingern in das Gehirn und zermalmst es wie den Teig, aus dem deine Mutter Kuchen für Weihnachten backen würde. Er zuckt und zuckt, und dann nimmst du wieder den Wagenheber und schlägst in dieses Gesicht, dieses feiste, fette Gesicht. Immer und immer wieder. Nach drei Schlägen sieht es aus wie ein auf dem Boden umgekippter Teller Chili con Carne. Du weinst und du schmeckst das Salz auf deinen Lippen. Du schließt die Augen, spürst nur noch die Vibrationen im Fußboden. Wie unter der Wucht deiner Schläge das Holz der Dielen splittert und es ein schmatzendes Geräusch gibt, wenn die harte Kante aus Gusseisen auf diesen deformierten, zertrümmerten Körper trifft. Als du aus deinem Rausch erwachst und die Augen wieder öffnest, fühlst du dich wie neugeboren. Ein neuer Stern steigt an deinem Himmel auf.

Das leise Atmen des Saliroman

Blake liebte den *Club.*

Er liebte die intime Atmosphäre. Die Ruhe. Die besonnenen Besucher. Die absolute Diskretion. Das Büffet mit den importierten Meeresfrüchten. Die erlesenen Spezialitäten, die sie aufgrund öffentlichen Drucks und schwachsinniger Artenschutzbestimmungen verboten hatten, und die man hier trotzdem frisch serviert bekam. *Eine Kugel in den Kopf dieser abgefuckten Hippies, die glauben, sie könnten durch Lichterketten die Welt retten. Verdammte Fotzen.* Blake war der jüngste Spross einer erfolgreichen, alten Adelsfamilie, die ausschließlich durch ihre darwinistische Prägung und durch harte Arbeit in der Kanzlei überlebt hatte.

Er labte sich an einem erlesenen französischen Cognac und begann zu entspannen. Trotz seines schlechten Gewissens steckte er sich eine Zigarre an und sank noch etwas tiefer in den schweren Ledersessel.

Sicher, all das hatte seinen Preis.

Doch Blake beglich die Rechnungen immer sehr gerne.

Denn nichts verschaffte ihm mehr Befriedigung, als die Dinge, die er im Club tun konnte.

Minou war ein Junkie. Sie war der typische jugendliche Ausreißer, der in der verführerischen Großstadt auf die falsche Bahn geraten war. Sie war eine Julia, die nicht mehr zu ihrem Romeo zurückkehren konnte.

Minou lebte mit ihrem Lover, einem abgerissenen Künstler mittleren Alters, in einer Absteige im East Village. Der kleine, muffige Raum war mit stinkenden Farbtöpfen zugestellt und sie teilten ihn mit einer wachsenden Schar Ratten, die das Linoleum des Fußbodens annagten und die sie nur mit Mühe nachts vertreiben konnten. Ihr Leben war einfach: Beide benötigten bis zu fünf Schuss am Tag. Minou ging anschaffen, das war die einzige Möglichkeit, ihren Konsum zu finanzieren.

Es war früher Sonntagmorgen, als sie am Times Square ein Typ in einem dunklen Anzug ansprach. Er sah aus wie ein Broker von der Wall Street, das klischeehafte, saubere Jungengesicht, die klare akzentfreie Aussprache, gute Manieren, die gepflegten Hände.

Minou fielen solche Details sofort auf.

Sie war erstaunt, als dieser adrette Mann mit dem dezenten Parfüm sich erkundigte, was ihre Dienste für die *ganze* Nacht kosten würden. Minou nannte die erstbeste Summe, die ihr in den Kopf kam.

500 Dollar, Mister, sagte sie, *ich koste 500 Dollar die Nacht.*

Und er nickte bloß, lächelte trocken und winkte ein Taxi heran.

Blake ahnte immer, dass der Club tatsächlich existierte.

Dies war nicht selbstverständlich. Es war kein der Öffentlichkeit bekannter Fakt. *Der Club* – ein Phantom. *Der Club* – das am besten gehütete Geheimnis der ganzen Loge. *Die Loge* – das mächtigste Instrument der Vereinigten Staaten. *Präsidenten. Senatoren. Generäle. Geistliche. Die Loge* – unerkannt. Und niemand, außer dem inneren Kreis, wusste um seine wahrhaftige Existenz. *Der innere Kreis* – diejenigen, die sämtliches Gewissen vergessen hatten. Die den Preis bereit waren zu zahlen. *Gewissen?* Die eigenen Kinder zu opfern, ohne auch nur eine einzige Sekunde nachzudenken. *Der Lohn?* Nahezu unbegrenzte Macht.

Der Club war ein Phantom für die Massen, eine Erfindung, ein Hirngespinst. Für die Presse war der Club eine skurrile Randnotiz, die im sensationshungrigen Boulevard Beachtung fand.

Immer dann, wenn sich die Stars bedeckt mit kleinen Skandalen hielten.

Dass es ihn wirklich gab – davon wussten nur eine Handvoll Menschen.

Eingeweihte.

Blake war seit der Universität Mitglied der Loge. Er war ehrgeizig. Ein Aufsteiger. Sein Gewissen – Luft in einer hohlen Hand. *Harte Fakten schaffen und aufsteigen.* Aufsteigen – *Drecksarbeit erledigen.* Dinge, die über Botengänge und Gefälligkeiten hinausgingen. Doch Blake wusste – der innere Kreis war der Gipfel der Macht. Der Mord am New Yorker Vizebürgermeister war Blakes Aufnahmeprüfung für den inneren Kreis gewesen, doch davon wusste er nichts, als er den Auftrag von einem anonymen Mittelsmann erhielt.

Für ihn war es einfach Teil des Deals: *Loge, Macht, Aufstieg, Blutzoll.* Er analysierte kühl und studierte die Gewohnheiten seines Opfers. Wurde zu einem kalten, berechnenden Killer. Schlussendlich erledigte er ihn mit einem russischen Präzisionsgewehr aus einem stehenden Taxi heraus. Sein Opfer joggte ahnungslos im Central Park, umringt von seiner Security, die auf ein solches Attentat nicht vorbereitet waren.

Kurz darauf wurde er zum Mitglied des inneren Kreises ernannt. Blake bekam mehr Einsicht in die geheime Struktur der Loge; sie funktionierte nach einem archaischen Führungsprinzip, ähnlich dem des *Mob* – die Autorität wurde in einer streng organisierten Pyramide anonym von oben nach unten verteilt. Der innere Kreis herrschte autokratisch an der Spitze dieser Pyramide der Macht. Der wichtigste Wesenszug der Loge war die Anonymität: Niemand kannte ihre Namen, niemand kannte ihre Gesichter. Der innere Kreis bewegte sich völlig unerkannt – nicht einmal die untergeordneten Kader wussten, von wem sie Befehle erhielten.

So blieben sie unantastbar für die Justiz.

Narrenfrei.

Ohne Gesetze.

Und Blake war nun einer von ihnen.

Spit war ein mittelloser Boheme, wie er im Buche steht. Er malte mit extremen Materialien wie Wundwasser, Exkrementen und den Ausdünstungen von Leichen, die ihm ein befreundeter Nachtwächter im städtischen Krematorium besorgte. Seine Kunst war heute nicht mehr sehr beliebt. In den frühen 90ern war er der *Shooting Star* der modernen Kunstszene gewesen und die New Yorker hatten ihn gefeiert, doch bald hatten sich die zahlungskräftigen Kunden an seinen Werken satt gesehen und die einflussreichen Kritiker stürzten sich auf die nächste neue Avantgarde-Bewegung. Spit arbeitete kaum noch. Minou war ihm auf einer seiner mittlerweile sehr selten stattfindenden Ausstellungen aufgefallen. Sie kauerte zitternd auf dem Boden neben einem seiner Bilder und schob ganz offensichtlich einen heftigen Affen. Spit wusste nicht mehr, warum er sie damals einfach mit nach Hause genommen und den letzten Rest von seinem Stoff mit ihr geteilt hatte. Er hatte sie nie gefragt, wo sie überhaupt herkam und was sie vorher gemacht hatte. *Nie gefragt, wer sie eigentlich war.* Sie war mit zu ihm gekommen und einfach da geblieben.

Das war drei Monate her.

Und jetzt war das Mündungsfeuer einer .45er das Letzte, was er in seinem Leben sehen sollte.

Minou musste sich erbrechen.

In ihrem Kopf tanzte ein wildes Karussell. Rote Lichtblitze funkelten vor ihren geöffneten Augen.

Sie drehte sich mühselig zur Seite und ließ es einfach geschehen. Ihr Erbrochenes schmeckte scharf. *Desinfektionslösung.* In ihren Schleimhäuten brannte noch der Äther. Minou atmete langsam und flach.

Keine Anstrengung. Keine Bewegung zu viel. Nach einigen Momenten versuchte sie es. Hob leicht den Kopf an. *Dunkelheit.* Sie befand sich in absoluter, tiefer, Nerven zerfressender Dunkelheit. Ihre Augen konnten nicht einmal Schemen erkennen. *Nichts als Dunkelheit.* Dunkelheit – Panik. Ruckartig versuchte sie, aufzustehen.

Doch der Ruck verpuffte, ihre Muskeln wurden zurückgerissen. Sie konnte sich keinen Zentimeter bewegen. *Fesseln.* Sie atmete heftig. Musste schwer schlucken. Verschluckte Stücke ihres Erbrochenen.

Dann spürte sie die Fasern und das Metall an ihren Gelenken.

Metall.

Fuck!, brüllte sie und ihre Stimme hallte aus der Dunkelheit wieder.

Fuck, brüllte sie noch einmal.

Dann begann sie, leise zu weinen.

Sie konnte nichts weiter tun.

Blake zog wortlos seine Latex-Handschuhe an.

Der Concierge hatte ihm an der Rezeption den Schlüssel zu Zimmer 73 gegeben und ihm zugenickt. Blake hatte das Codewort genannt, den Schlüssel bekommen und sich in das abgedunkelte Zimmer begeben.

Ruhe.

Absolute Ruhe.

Abgeschiedenheit.

Dieses Hotel mitten in New York.

Perfekt getarnt.

Mitten unter UNO-Botschaftern, FBI-Agenten, Politikern.

Ein Trakt, der nur der Loge gehörte.

In der sie tun und lassen konnten, was sie wollten.

Und dann anschließend an der Hotelbar einen kleinen Drink nahmen.

Unerkannt.

Sie lag vor ihm.

Sie war vielleicht Anfang Zwanzig.

Mit Zwanzig sind alle Frauen sehnig. Das ist der perfekte Zeitpunkt. Danach falten sie sich auseinander wie Zelte. Ihre Haut wird fahl und grau und ekelhafte Wülste schwellen aus ihnen heraus. Wie Mastschweine.

Doch *Sie:* Ihre Haut weiß wie Marmor, ihr Körper schmal und schmächtig.

Die Jugend. Dumm – naiv – mit einer sprühenden Arroganz ausgestattet.

Doch auch mit *Leben.*

Ihre Knochen stachen aus dem mit feinen Äderchen durchzogenen Fleisch heraus.

Er *sah* ihren Puls. Wie sich ihre Haut gleich einer federleichten Decke hob und dann wieder senkte.

Bubumm – bubumm – bubumm.

Das kleine Herz.

Voller Angst.

Voller Panik.

Was passiert mit mir? Was passiert mit mir? In Gedanken äffte Blake sie nach.

Sein Blick fiel automatisch auf den dunklen Spalt zwischen ihren Beinen.

Dieser geheimnisvolle Schlitz.

Ihre Fotze war rasiert; kleine schwarze Stoppeln sprossen bereits wieder aus der weichen Haut ihres Venushügels.

Blake musste bei diesem Anblick grinsen wie ein Schuljunge.

Er streichelte über den Rasen aus sprießendem Schamhaar.

Rasp, rasp, rasp.

Fotzen – Mösen – Löcher.

Eine Wissenschaft für sich.

Er hatte sie lange hinter sich gelassen.

Ficken war etwas für pubertierende, ekelhafte Teenager.

Hier geschah etwas Neues. Revolutionäres. Das dunkle Hotelzimmer. Fernab aller offenen Ohren. Die Wände schalldicht. Keine Kameras. Kein Licht. Keine fremden Gesichter. Keine warnenden Stimmen.

Die Szene: Sie sorgfältig auf dem Gynäkologenstuhl gefesselt.

Blake duldete keine Fehler.

Drecksarbeit für die Anwärter.

Er räusperte sich.

Ihre Beine waren mit Hanfseil an die kalten Stahlausläufer festgebunden.

Ihre Hände mit Handschellen aus Metall hinter dem Stuhl befestigt.

Ihr Gesicht bedeckt mit einer Sklavenmaske aus schwarzem Leder.

Sie lebte durch zwei winzige Löcher unter ihrer Nase.

Aussparungen im Leder.

Laut die Luft einsaugend.

Ihre Lungen hoben sich.

Pffffffff …
Und senkten sich.
Zzzzzzzzzz …
Und hoben sich.
Mühsam.
Sie zappelte bereits, wie ein Fisch auf dem Trockenen.
Er drehte seinen Kopf weg und sah auf die Spitzen seiner Schuhe.
Eine kleine, junge Schlampe, der er wehtun konnte.
Warum sollte er in ihre Augen sehen?
Gute alte Schule.
Blake holte weit aus.
Seine Faust traf diese minderwertige Kreatur direkt unter den Rippen.
»Verdammte Hure …«, zischte er.
Der Körper zuckte unter der Wucht seines Schlages.
Ihr Wimmern erstickte im Isolierband, das ihren Mund verklebte.
Er spürte, wie das weiche Fleisch unter dem Druck seiner Faust nachgab.
Ihm wurde heiß.
Blake legte sein Jackett ab.
Fuhr sich mit der Hand durch die Haare.
Sie waren nass.
Der Anblick dieser hilflos gefesselten Person erregte ihn *zutiefst.*
Dann revidierte er sich: Sie war nicht minderwertig,
Sie würde seine neue Schöpfung werden.

Der Koffer mit den Instrumenten stand direkt neben der Minibar. Seine Instrumente; Skalpelle, Messer, Zangen. Sauber und rein. Desinfiziert. Bereit für den Akt. Auf einem kleinen, unscheinbaren Tisch aus afrikanischem Holz aufgebahrt. Blake atmete tief durch, um seiner Erregung Herr zu werden.

Mit zitternden Händen öffnete er den schwarzen Arztkoffer. Der Koffer roch nach nassem, modrigem Leder.

Sauer. Er schob seinen massigen Oberkörper leicht nach vorne und nahm eine gekrümmte Haltung ein.

Dann sondierte er den Inhalt des Koffers und sortierte alles in Gedanken. Ganz langsam. Immer nach der Reihe. Blake rang sich ein Lächeln ab. Die Instrumente waren schön. Sie waren pedantisch sauber.

So viel Reinheit tat ihm fast weh.

Die Sonne senkte sich durch den Smog der großen Stadt und die letzten Strahlen tanzten durch die Vorhänge und wühlten den Staub in der Luft auf.

Blake betrachtete dieses Schauspiel für einen langen Moment.

Dann brach es aus ihm heraus.

Er griff sich das Skalpell und wusste instinktiv, wo er beginnen würde.

Blake war Ästhet.

Es ging nicht um das Blut.

Nicht um das Opfer.

Es ging um *den Akt.*

Es ging um *Kunst.*

Kunst.

Die Kunst, eine völlig neue Körperöffnung zu erschaffen.

Die Kunst, eine völlig neue Art des geschlechtlichen Verkehrs zu kreieren.

Neue, avantgardistische Empfindungen, hervorgerufen durch die Reibung, die eine menschliche Niere und eine menschliche Lunge auf seiner feuchten Eichel erzeugten.

Eine neue Form des Orgasmus – einen Samenerguss in einem aufgesägten Brustkorb, auf die schartigen Wunden herausgerissener Arme und Beine, in austropfende, leere Augenhöhlen.

Blake war Avantgardist.

Quer zu ihrer Aorta.

Blake *sah* es.

Er sah es, wie den goldenen Schnitt in einem meisterhaft gemalten Bild.

Wie ein guter Boxer den Schlag seines Kontrahenten kommen sieht.
Ein Reflex tief in seinem Hirn geschaltet, wie eine tiefe Vision.
Das Skalpell schälte sich mühelos in ihre poröse Haut.
Ihr Körper bog sich unter den Schmerzen.
Doch waren es Schmerzen?
Schmerzen.
War es nicht eher ein Genuss, Teilhaber einer völlig geschlechtlichen Interaktion zu werden?
Ein *Teil* dieses Ganzen.
»Wir schreiben Geschichte…«, flüsterte er leise.
Langsam führte er das Skalpell tiefer ein.
Macht den Schnitt breiter, größer.
Blut tropft auf den Boden.
Das weiße Latex seiner Handschuhe färbte sich rot.
Blake legte das Skalpell weg und tastete sich mit seinen beiden Zeigefingern in die Wunde.
Immer weiter vorwärts.
Die Wunde fühlte sich gut an. Frisch, blutig. Junges, elastisches Fleisch.
Er vergrößerte sie, inspizierte sie, roch an ihr.
Und dann schob er seinen steifen Penis in diese neugeborene Vagina.
Wie es sich anfühlte?
Es knirschte, als er sich in ihrem Hals bewegte.
Langsam. Ganz langsam.
Die Fasern des weichen, pochenden Fleisches rieben fest an seiner Eichel.
Seine Hoden berührten leicht das Leder der Maske.
Ihm kam es nach den ersten 10 Stößen.
Blake spürte, wie sein heißer Samen sich in ihr verteilte.
In ihrer neu erschaffenen Grotte der Lust.
Erschöpft zog er seinen erschlaffenden Penis aus der Wunde.
Sein milchiges Sperma vermischte sich mit ihrem dunklen Blut und tropfte, wie rotes Perlmutt, auf den Boden des Hotelzimmers.
Er ging langsam rückwärts und setzte sich.

Gna, gna, gna, gnaaaa …

Ein ersticktes Keuchen.

Mehr war nicht von ihrem Schreien zu hören.

Blake sah auf seinen Schwanz.

Scharlachfarben.

Schweiß tropfte von seiner Stirn.

Er schluckte schwer.

Die Kunst, die Kunst … es schossen ihm Bilder durch den Kopf, deren Farben explodierten und dann zu einem sättigenden Schwarz zusammenliefen.

Er begann zu zittern.

Hastig nahm er das Messer von dem kleinen Holztisch und stach zu.

Er stach genau ein Mal zu: unterhalb ihrer kleinen Brüste.

Ein saugendes Geräusch begleitete das Messer, als es sich in den weichen, warmen Korpus senkte.

Blake spürte ihre Energie.

Ihre Todesangst.

Wie sie sich aufbäumte, wie adrenalingeschwängerte, rohe Wellen aus Kraft und Überlebenswillen durch ihren kleinen Körper rollten.

Der Brustkorb öffnete sich zischend und klappte auseinander wie ein Springmesser.

Blake machte einen Schritt rückwärts und sah an die Decke.

Alles Blut pumpte durch seinen Kopf. In dieser ekstatischen Verrenkung schloss er die Augen.

In seinen Fingerspitzen begann es zu zittern.

Seine Haut *schrie* danach.

Er riss sich das Hemd vom Oberkörper.

Kalkweißes Fleisch.

Dichte, schwarze Haare.

Eine kleine Narbe oberhalb des Schlüsselbeins.

Die Narbe war schlecht verheilt.

›Was es bedeutet? Was es bedeutet?‹, schrien diese Stimmen in seinem Kopf.

Würde er ihnen diese Frage beantworten?

Blake hörte nur noch das grobe Schlagen seines Herzens.

Mitten in seinem Hirn.

›Was es bedeutet?‹, mischte sich wie ein Störgeräusch dazwischen.

Er würde zeigen, was es bedeutet.

Seine Hände gruben sich in ihre Eingeweide.

Blake bewunderte die Ordnung der Schöpfung, die gesamte Genialität.

Selbst in einem so dunklen und unvermögenden Raum wie den Gedärmen.

Doch das war es nicht.

Es war sein Verlangen, mit den Eingeweiden in Berührung zu kommen.

Sie zu spüren.

Sich beschmutzt zu fühlen.

Blake grub weiter in den Eingeweiden, die wie ein Stillleben an ihren angestammten Platz aufgebahrt lagen.

Er fühlte ihre Wärme, die schleimige Oberfläche genauso, wie die Haut eines kalten Frosches.

Die Organe.

Die Lungen in ihrer Symmetrie.

Der bräunlich schimmernde Darm.

Dann riss er sie aus ihrer Höhle, begleitet von einem langen, schlürfenden Geräusch.

Blake wusste, was es bedeutet.

›Was es bedeutet?‹

Er wusste es.

Die totale Befriedigung.

Diese lebendigen Innereien auf seinem nackten Körper zu verteilen.

Sich damit zu beschmutzen.

Sich damit zu besudeln.

Und er tat es.

Blake, der Künstler.

Blake, der Avantgardist, der neue Höhen der Lust erklommen hatte.

Höhen, die kein Mensch mehr nach ihm spüren würde.

Er war Gott.

Er wurde zu Gott, indem er sich die stinkenden Eingeweide dieser kleinen, dreckigen Kreatur auf seine Haut schmierte, sich schmutzig im Angesicht wahrer Schönheit fühlte.

Er begann zu verstehen, wie die irdischen Kreisläufe wirklich sind, dass du Untertan wirst in dem Moment, in dem du selber zu Schmutz wirst.

Diese Erleuchtung.

Diese Intensität.

Blake kam und kam und kam und kam.

Er wusste, diese Tat war göttlich.

Konnte nur göttlich sein.

Und die Stimmen schrien:

›So soll es sein.‹

›So soll es sein.‹

Dann schloss er die Augen.

Ihre Wärme ließ nach.

Der Kot verhärtete ihren Darm, der wie eine Schlange um seinen Hals hing.

Blake sank zu Boden.

Freudentränen liefen ihm über die Wangen.

Tränen, die er still genoss.

Menschen sterben.
 Menschen werden geboren.
  Wir lieben.
   Wir hassen.
    Wir wollen.
     Wir könnten.
      Ewigkeit.
       Verlangen.
        Vergessen.

Das Einzige, was blieb, war das leise Atmen des Saliroman.

Bad Chemicals

Der Mensch ist voller schlechter Chemikalien.

Er streckte leichtsinnig seine Hand nach ihr aus. Er wollte sie berühren. *Berühren: An etwas rühren. An etwas grenzen, anfassen.* Nur dem kleinsten Millimeter rauer Haut die Vereinigung mit diesem edlen Geschöpf gestatten. Es wäre eine Geste der Huldigung gewesen. Für diesen Körper. Für diesen Moment. Doch es war nichts weiter als … ein fahrlässiger Fehler.

Fahrlässig: Durch Unachtsamkeit Fehler verursachend. Sein Fehler. Dabei … *Sie* hatten es ihm immer wieder eingebläut. Und er? Er hatte mit dem Kopf genickt wie ein Affe. *Immer wieder. Immer wieder*. Instinktiv. Alles klar.

So als ob er verstanden hätte.

Was immer auch passiert, berühre sie niemals! Die Prämisse. Das Gesetz. *Aber* … da war sie – seine Bewegung. Auf ewig in diesen Raum gehämmert. Und sie verharrte wie gefroren in der Zeit und im Bewusstsein. Was wir sahen: Sein Finger ertastete diese warme, geschmeidige, verbotene Zone. Ihre Haut gab nach und federte über die harten Muskeln unter der glatten, weichen Oberfläche. Eine Szene wie aus einem Bunuel Film. Doch … diese Situation zu vermeiden: Das war der Grund, warum wir uns hier einfanden. Nun: *Geschehen. Irreversibel.* Die simple Berührung nahm er als nasskalten, elektrischen Schlag wahr. Er erstarrte zu einer Salzsäule. Unfähig, sich zu bewegen. Und kaum war der Eindruck dieses bizarren Moments in die Windungen seines Gehirns geträufelt, stand er hinter ihm. Ich hatte sie nie als *das* betrachtet. Sie waren da: Man wusste es. Unsichtbare, wie

Luft im Raum; niemand hatte sie bisher genötigt zu handeln. *Bis zu diesem Moment.*

Und dann sahen wir es.

Ihre Funktion.

Ihre Funktion, lautlos aus ihrer Ecke zu gleiten.

Zu vollenden. Zu vollstrecken. Zu richten.

Ihm die Hand abzutrennen.

Ich: Am anderen Ende dieses langen Tisches sitzend. Ich vernehme nur ein leises Zischen.

Das Zischen: Der Moment, in dem die Klinge Luft verdrängt. Um sich dann durch die Haut und Sehnen zu schälen. Dann: Wie feiner Nieselregen erwischt mich sein Blut. *Im Gesicht.* Ich atme es ein, es setzt sich wie ein Schleier auf meine Augen und versiegelt meine Poren.

Dann: Stille. Stille, Stille, Stille, die in meinen Ohren dröhnt.

Ich höre mein Blut pochen.

Popomm. Popomm.

Alles wirkte steril. Wie ein chirurgischer Eingriff. Weit weg. Der grüne Stoff eines OP-Kittels fehlte. Das sanft massierende Geräusch einer Lungenmaschine. Ärzte, die sich leise über den Fall unterhielten.

Er wurde nicht einmal bleich.

Er sah mit seinen matten, dunklen Augen auf diesen blutigen Stummel herab, angewidert.

So als gehöre dieser menschliche Abfall nicht länger zu ihm.

Als sage er laut: *Nein!*

Desinteresse.

Mit Desinteresse betrachtet er diese – *Reste*. Elfenbeinfarben. Knochen. Blaue und rote pulsierende Adern, die wie lose Stromkabel aus ihm herausragten.

Ein rohes Stück Fleisch. Durch das seine Gene jagten. Mit der er sich den Arsch abwischte. Mit der er in feuchten Mösen herumbohrte. Mit der er wichste. Diese Hand fiel in Zeitlupe auf den Tisch.

Sie sah ab diesem Moment nicht mehr länger aus wie eine normale menschliche Hand, sondern wie ein aus dem Mutterleib gerissener Fötus.

Dann: Ein skurriler Moment. Die Finger der Hand bäumen sich auf. Ein letztes Mal. *Aufbegehren.* Heißes Aufbegehren gegen das Schicksal. Als würde die Hand stur leugnen. Zeigefinger zuckt. Ringfinger zuckt. Eine letzte elegische Pose, dann stirbt der versiegende Nervenimpuls und entschwindet im elektrischen Himmel. *Und dann floss Blut.* Endlich floss Blut. Es floss in eindrucksvollen Mengen auf die helle Tischplatte und verteilte sich dort nahezu synchron zu einem verzückenden Muster. *Das Bluten* – eine Erlösung. Es kam einer Erlösung gleich, einer Erlösung aus dieser bedrückend stillen Situation gleich. Dann schrie er. Eine logische Reaktion – *Ursache und Wirkung* – Schmerz jagte durch seine Neuronenbahnen und gellende Schreie waren die Antwort seiner Seele. Es tat gut, sie zu hören. Die verzerrten Schreie empfand ich als wahren Wohlklang. Es war ein Fest für meine Sinne. Diese sich windenden, bohrenden Schmerzensschreie bedeuteten nichts weiter als eine Fortsetzung der Realität, bedeuteten die unverrückbare Tatsache, dass Schmerz immer noch derselbe Schmerz geblieben war, selbst in diesem Raum.

Jeder hörte ihn. Niemand beachtete ihn. Es herrschte *visuelle* Stille, er war ein schwarzer Fleck auf der Netzhaut. Sie, hingegen, war eine optische Explosion, die in allen Farben das Gehirn sprengte.

Alle Augenpaare waren auf *sie* gerichtet.

Sie: Badete in langsamen Bewegungen in dem noch dampfenden Blut.

Der Rest war das Spiel mit der Wolllust. *Dem Spiel, um dessen Erfahrung wir uns hier versammelten.*

Ihre langen, schlanken Finger verharrten über ihren steifen Brustwarzen.

Sie hob ihr Hinterteil leicht an, ihr schmächtiger Rumpf schwebte wie eine Brücke aus Fleisch und Knochen über der Tischplatte.

Ihr schmaler Körper krümmte sich über die Blutlache hinweg und verharrte einen Moment lang in dieser Stellung.

In dem Moment, in dem sich ihr Rücken langsam in das Rot des Blutes hinabsenkte, zerschmetterte ein Projektil seinen Kopf.

Man hätte einen erschütternden Knall hören müssen; *ich hörte nichts.*

Ich war taub. Keine Schreie mehr. Keine abgefeuerten Projektile. Nichts drang in mein Bewusstsein. Hypnose. Kalte, nackte Bilder. *Die Realität fickt dich.* Härter und unerbittlicher als jeder riesige Dildo, den du im Sex-Shop kaufen könntest. Die Realität fickt dir die Eingeweide aus dem Körper, bis du deinen Darm auskotzt. Bis du deine eigene Scheiße schmeckst.

Und hier waren sie: die Wahrheiten.

Meine Augen: Fotokameras, die einzelne Bilder aufnehmen.

Bilder. Bilder. Bilder.

Bild 1: Wie er geräuschlos in sich zusammensackt.

Bild 2: Wie seine geöffnete Schädeldecke purpurfarbene Hirnmasse preisgibt.

Bild 3: Steigende, wilde, krasse, extreme Wolllust.

Proportional zur Gewalt immer lauter und lustvoller.

Sie stöhnt, stöhnt und schiebt sich ihre Finger in ihre feuchte Möse, reibt hart über ihren Kitzler.

Wow!

Gleichzeitig pulsiert dunkles Blut aus dem zerschmetterten Schädel. Ja! Die Realität fickt mich so hart, dass meine Augäpfel drohen zu zerbersten.

Bild 4: Blut verteilt sich auf dem polierten Glas der Tischplatte.

Das Blut hat eine eigene Oberflächenspannung und ist immer noch heiß. Blut ist der Saft des Lebens.

Herrliche rote Farbe. Alle atmosphärischen Teilchen in der heiligen Luft schreien: Kunst! Liebe! Gott! Erlösung! Glauben! Treue! Ewigkeit!

Bild 5: Hirnmasse und Knochensplitter auf ihrem nackten Körper verspritzt.

Sie verteilt sein dunkles Blut und die Hirnmasse auf ihren Brüsten. Verreibt es in der dunklen Falte ihrer geschwollenen Möse. Dann streckt sie sich ganz aus. Spreizt ihre Beine und schiebt ihr Hinterteil immer weiter in meine Richtung. Ich rieche ihre Möse. Ihren kleinen geschwollenen Blutegel, der zu mir zu sprechen scheint. Er sagt: *Leck mich! Beiß mich! Verkeil deine Zähne in meinem schwarzen tiefen Loch und lutsche alles aus mir heraus!*

Ihr nacktes Fleisch knirschte, als sie sich über die Tischplatte schob und eine Spur verschmierten Blutes hinter sich herzog. Und dann lag ihr Körper vor mir, voller Blut und Hirn, ihre Beine von der Tischkante gespreizt. Sie sah mir direkt in die Augen; ich konnte mich ihrem Blick nicht entziehen.

Ihre feingliedrigen Hände begannen, an ihren nassen Schamlippen zu spielen. Man sah ihr das Verlangen an; es sprang regelrecht aus ihrem Gesicht.

Sie *wollte,* dass ich sie berühre.

Darin bestand das Spiel.

Doch ich bewegte mich nicht.

Sie genoss es. Macht. Macht. Macht. Unheilige Macht. Sie genoss es, mich zu beherrschen. Mich in dieser ausgelieferten Position, wie einen zuckenden Fisch, am Haken zu haben.

Ja, diese kleine Hure tat alles, um mir meine Mickrigkeit zu beweisen. Sie trat mir die untere Spitze ihres High Heels direkt in dic Brust. Ich spürte, wie der Absatz sich in mein Muskelfleisch bohrte und der Schmerz sich vom tiefsten Punkt meiner Wirbelsäule bis hinauf in meinen Nacken fortpflanzte. Diese kleine Nutte.

Wollte mich provozieren.

Doch ich lächelte nur.

Es war eine verächtliche Geste.

Ihre ganze Macht nutzlos.

Schmerzen sind ein Freudenquell in meinem Universum.

Bild 6: Ich sehe in ihre Möse, die wie eine Wunde wirkt. Wie ein ambulantes Stück Fleisch, das zu niemandem gehörte.

Bild 7: Sie pisst mich an.

Bild 8: Ihre Pisse schäumt aus ihrem kleinen Loch heraus auf mich herab. Läuft am Hals herunter und färbt mein Hemd dunkel.

Bild 9: Ich starre sie mit ausdruckslosen Augen an.

Sie weiß, dass sie heute nicht gewinnen wird.

»Bevor sie uns verlassen, sollten sie erfahren, was mit unserem Vögelchen passiert.«

Er nannte sie tatsächlich *Vögelchen.* Es kam mir seltsam vor. *Die Begierde ist ein Monster, das uns immer wieder zu sinnlosen Taten verführt.* Er schnippte mit dem Finger. Ich hatte noch nie einen Menschen gesehen, der so deplaziert und surreal wirkte wie ER in diesem Moment. Es wirkte, als gäbe es kein Leben. Als habe er kein eigenes Leben, als hätten wir kein eigenes Leben. Der Ausdruck in seinen matten Hundeaugen, das Schnippen – *mechanisch.*

Jemand führte sie, wie einen jungen Hund an einer langen Lederleine, in die Mitte des Raumes.

Sie kroch gehorsam auf allen vieren hinter ihm her.

Eine devote und leise Geste.

Dann knurrte sie.

Wuff Wuff Wuff ...

Sie schnappte nach unseren Beinen.

Ihr Kopf wurde durch einen Ruck an ihrem Halsband wuchtig nach hinten gerissen.

»Ungezogenes Tier ...«

Er sah streng auf sie herab und tätschelte ihren Kopf.

Dann öffnete er ihren Mund, presste ihren Kiefer mit hartem Griff auseinander und drückte ihre Zunge heraus.

»Zeig sie uns ...«

Sie wehrte sich nicht.

Er grinste.

»Zungen dienen nur der Unterwerfung ...«

Seine Worte klangen einen Moment nach.

Popomm ... Popomm ... Popomm ...

Herzrasen in der Großstadt.

Verliebt sein und mit diesem netten, kleinen Mädchen im See schwimmen.

Du spürst ihre nackte, heiße Haut auf deiner und dir wird fast schlecht, so heftig klopft dein Herz.

Dieser große Raum mit den nackten Wänden schluckt all das.
All diese Erinnerungen.
All diese holden Momente der Zärtlichkeit.
Er schluckt sie und speit sie wieder aus.
Dann schnitt er ihr sie ab.
Es war eine kunstvolle Handlung.
Eine Veredlung des Moments.
Sein Daumen war kein Daumen.
Kein Teil der menschlichen Anatomie.
Sein Daumen war eine implantierte Rasierklinge.
Scharf.
Ihre Zunge fiel aus ihrem Mund in den Schmutz zu unseren Füßen.
Kein Zucken.
Kein Aufbäumen.
Kein Laut.
Sie, der Hund.
Auf dem Boden kriechend.
Blut, schwarz wie die Nacht.
Es verteilte sich in rasend schneller Geschwindigkeit.
Eine Pfütze. Die Zunge badet in ihrer Mitte.
Er sieht uns an.
Scheucht uns mit krähenartigen Bewegungen aus diesem Raum, der alles Gute schluckt.
In der Dunkelheit höre ich nur mein eigenes Atmen und wie die Chemikalien durch mich hindurchfließen.
Die bösartigen Chemikalien, die alles in sich auflösen.

Die Versuchung

Er nahm sie im Hinterhof.
Gleich hinter den Mülltonnen.
Er würgte sie und ihr Schrei erstickte
im keimenden Sonnenaufgang.

Der Nebel der Stadt sah zu,
als er sie mit einem Hammer erschlug.
Als er ihren Kopf entzweischlug.
Seine Finger voller Blut.
Sein Hemd rot,
wie der Lippenstift auf ihrem Mund.

Sie war die Hölle auf Erden.
Sie kam aus dem Nichts.
Wie es die Versuchung immer tut.
Er erschlug die Versuchung mit einem Hammer aus Stahl.

So schnell es ging,
so schnell die Liebe kam,
bis drei zählte er,
und Vergangenheit war das pochende Herz
zwischen seinen Rippen.

Weinrot und roh
aß er das Fleisch von ihren Rippen.
Seine Zähne wühlten sich aufgeregt
durch ihr glänzendes Gedärm,
und erregt wie er war,
gab er ihr seine Liebe.
Seine ganze Liebe.

Ob er recht tat,
wussten in diesem Moment die Götter.
Doch die Götter sahen beschämt weg,
und richteten ihren Blick gen Sonnenaufgang.

Ein neuer Morgen,
der hätt' Gold im Mund,
sangen sie im Chor.

Und die Menschen versanken im Schmutz.
Wir gefallene Engel.
Die Kinder fanden sie.
Ihre Bauchdecke aufgerissen.
Ihr Hirn auf dem Asphalt verschmiert.

Die Kinder fanden sie.
Die Götter sahen weg.
Der Himmel verdunkelte sich.
Alte Frauen hängten ihre Wäsche an die Leinen.

S.C.U.M on me !

Wir halten fest: Alle benehmen sich dämlich. Niemand sagt das ausdrücklich. Aber das ist es, was sie sehen wollen. Alle wollen sehen, wie du dich dämlich benimmst. Denk an den besten Moment, den du in deinem Leben bis jetzt gehabt hast und kehre die Vorzeichen um. In dieser Situation wollen dich die Millionen von Zuschauern sehen. Bei einem neuen Sendeformat geht es darum, den Zuschauer an die Mattscheibe zu bannen. Der Zuschauer ist in der Regel weißer Müll. Er macht sich sein Dosenbier auf und frisst Chips. Wenn er denkt, er wäre bereits in der bürgerlichen Klasse der Besitzenden aufgestiegen, trinkt er billigen Rotwein und isst vietnamesisches Krabbenbrot. Alle diese Menschen, ob sie in ihrer Wohnwageneinöde oder in ihrer Sozialbauwohnung leben, haben etwas gemeinsam: Ihr Dasein ist so erbärmlich und trostlos, dass sie nach nichts außer Ablenkung suchen. Sie wollen etwas sehen, das ihr Leid, ihren Schmerz und ihren Verlust mit möglichst grellen Farben übertüncht. Noch mehr Leid, Schmerz und Verlust. Und ein paar Titten. Etwas, das sie von ihren eigenen Schicksalen ablenkt. Das Schicksal: Er ist übergewichtig und besitzt nur mangelhafte Schulbildung. Seine Frau ist ein Klumpen sonnengebräuntes Haarspray mit rosa Lippenstift in der Mitte. Seine Kinder werden mit fünfzehn darüber nachdenken, ob sie sich eine Cracksucht zulegen oder doch lieber ihr Hirn mit Methedrin in einen Schweizer Käse verwandeln sollen. Diese Spezies kann in ihrem Rattenkäfig weder nach vorne, noch nach hinten. Sie kann nur durch die flimmernde Bildröhre fliehen. Geradewegs ins Paradies.

Und er will sehen, wie sich zehn junge Männer, die alle so aussehen wie ER zuletzt vielleicht mit neunzehn Jahren ausgesehen hat, um eine absolut heiße Braut reißen. Eine Braut, die er niemals bekommen könnte. Die für ihn, in seinem Trailerhome, immer unerreichbar sein wird. Die in einem seiner Barely Legal Pornos mitspielen könnte. Auf die er sich einen runterholt, wenn seine Frau unter der Dusche steht.

Er will sehen, wie sich diese Typen dabei abmühen und scheitern. Und er will sehen, wie es einer von ihnen dann doch schafft. Stellvertretend für ihn. Genau wie in einem Porno.

Dort ist der männliche Darsteller auch nur dein virtueller Schwanz.

Sandy ist heiß. Sie ist die Sorte Frau, von der man *nicht* sagen kann, dass sie nett ist. Wenn ein Typ, sagen wir dein bester Freund, deine neue Freundin zum ersten Mal sieht und kennenlernt und danach in einer ruhigen Minute zu dir sagt, *sie ist nett,* dann musst du keine Angst haben. Er wird nicht versuchen, sie dir auszuspannen. Sagt er nichts und nickt nur mit dem Kopf, wenn du ihn nach ihr fragst, dann solltest du dir erste Gedanken machen. *Nett ist deine kleine Schwester.* Heiß sind Frauen, die dir die Sprache verschlagen, weil du bereits darüber nachdenkst, was du mit ihnen alles anstellen könntest. Sandy ist heiß. Sie würde perfekt in ein Blitzlichtgewitter vor dem Kodak Theatre passen. Lange, beinfreie Kleider aus Satin. Einen durchtrainierten Typen an ihrer Seite. Luxus. Das ist das Letzte, was sie möchte, doch das weiß niemand. Bitte vergiss den letzten Satz. Drücke auf *Rewind*. Und somit ist die Illusion wieder perfekt. Absolut *jeder* im Raum kann es *sehen*. Sie ist heiß. Es hat sie eine Menge Mühe und Arbeit gekostet, jetzt genau dort zu sein, wo sie ist. Der Bullshitdetektor. Sie hat ihn perfektioniert. Man muss eine Menge über sich ergehen lassen, wenn du in eine dieser Sendungen möchtest. Sie hat das alles ertragen. Die perfekte Illusion: Es sieht so aus, als ob sie sich dafür angestrengt hat, aber das hat sie nicht. Sie war zum richtigen Zeitpunkt am richtigen Ort. Sie hat die richtigen Hebel in Bewegung gesetzt. Die richtigen Knöpfe gedrückt. Und jetzt arbeitet alles für sie.

Sandy sitzt auf einem weißen Thron aus Plastik. Fernsehen ist die perfekte Illusion. Sandy weiß das jetzt.

Sie wartet auf ihren Einsatz. Sandy ist die neue *Bachelorette*. Scharen von Männern liegen ihr zu Füßen. Doch für sie wird Sandy immer unerreichbar sein. Sandy ist ebenso eine Illusion, wie der weiße Thron aus Plastik.

Sie ist echt, doch zu weit weg.

Sandy muss unerreichbar sein, sonst erfüllt sie nicht ihren Zweck.

Neue TV-Formate zu erfinden, ist nichts für Weicheier. Schließlich appelliert man an die niedrigsten gemeinsamen Nenner der gesamten Menschheit: Schadenfreude, Neugierde und die blanke Sucht, anderen beim Scheitern und sich bis auf die Knochen blamieren zuzusehen. Das muss man verinnerlichen. Du musst die Menschen, die du erreichen willst, gut kennen. Den weißen Müll. Das ist ein größeres Problem, als du vielleicht denkst. Die meisten Menschen, die für das Fernsehen arbeiten, kommen aus der Mittelklasse. Sie haben studiert oder einen ordentlichen Beruf erlernt. Ich meine nicht den Kabelträger und auch nicht die Menschen, die vor der Kamera stehen. Die, die hinter den Kulissen die Fäden ziehen. Die Menschen hinter der Kamera hinter der Kamera. Diese Menschen repräsentieren etwas völlig anderes, als ihre Zielgruppe. Die Zielgruppe, die sie erreichen wollen, ist eine träge, leicht zu manipulierende Masse von Personen, die selber niemals Geschichte schreiben werden. Und genau deshalb werden Sendungen wie Bachelorette zum Erfolg. Du nimmst zehn Typen, die dem gängigen Schönheitsideal entsprechen. Du findest eine junge Frau, die dem gängigen Schönheitsideal entspricht und etwas verrucht wirkt. Schließlich geht es darum, beim Konsumenten Assoziationen zu wecken. Du lässt diese Typen irgendwelche dämlichen Spiele machen, die nur ein einziges Ziel haben: eine Chance, diese heiße Frau abzuschleppen. Und alle sehen dabei zu. Die Männer benehmen sich dämlich, um der Frau zu gefallen. Die Frau benimmt sich noch dämlicher, um den Männern zu gefallen.

Wir halten fest: Alle benehmen sich dämlich.

Wir halten fest: Alle schalten den Fernseher ein.

Derek benimmt sich sein gesamtes Leben lang schon dämlich. Für ihn ist das nichts Neues. Seine Familie gehört zu den fünfzig reichsten Familien der Vereinigten Staaten. Er kann es sich leisten. Überall wird er herzlich empfangen, weil die Menschen in ihm nur die goldene Kreditkarte sehen. Derek stört das nicht. Er bekommt immer das, was er will. Solange dieser Zustand anhält, wird er sich keine Gedanken um sein Leben machen. Die Produktionsfirma von *The Bachelorette* hatte bei ihm angefragt. Eine süßlich klingende Stimme fragte seine Sekretärin, ob er nicht Lust hätte, Kandidat in einer der beliebtesten Sendungen der Vereinigten Staaten zu werden. Die Sekretärin antwortete der süßlichen Stimme, dass sie da erst nachfragen müsse.

Derek befand sich zu diesem Zeitpunkt auf einer Party seiner Alpha Phi-Omega Verbindung.

Die Studenten hielten es für eine gute Idee.

Derek hielt es für eine gute Idee.

Und nun benehmen sich alle dämlich.

Frage an die Runde: Wer war der erste Popstar? Ein nicht unerheblicher Anteil aller Befragten würde sagen Elvis Presley. Doch das ist eine vorschnelle Antwort. Adolf Hitler war es. Adolf Hitler war der erste Popstar. Er war der erste echte Superstar der Popkultur. Atme tief durch. Ich sage dir, hätten die Nazis die sechs Millionen Juden im Jahre 1271 umgebracht, dann wäre es ein historisches Massaker in den Geschichtsbüchern deines Sohnes. Nicht mehr. Der Massenmord an den Juden: ein brillantes Beispiel der aufkeimenden Popkultur nach der industriellen Revolution. Die massenweise Vernichtung dieser Menschen war nur durch moderne Industrie zu bewerkstelligen. Ohne Konzentrationslager, ohne Gasleitungen, ohne Gleise und Zugwaggons hätte es den Holocaust in seiner jetzigen uns bekannten Form nie gegeben. Es wäre rein personell einfach nicht zu schaffen gewesen. Schlicht und ergreifend. Wären die Nazis ein vorderasiatisches Reitervolk im Jahre 60 nach Christi Geburt gewesen, hätten sie vielleicht gerade mal ein Viertel der sechs Millionen Juden umbringen können. Mehr wäre nicht zu schaffen gewesen. Dann würden wir heute darüber sprechen wie über die Schlacht im Teutoburger Wald. Doch das tun wir nicht. Die Grundlagen für ein solches Verbrechen waren die sich ausbreitenden Metastasen des kapitalistischen Gesellschaftssystems. Die Industrie. Radio, Fernsehen, Wochenschauen sorgten für die mediale Ewigkeit. In jedem Kinosaal weltweit war Adolf Hitler jede Woche der Bad Boy. Regelmäßig. Niemand war zwischen 1933 und, sagen wir, 1946 in der Weltöffentlichkeit so präsent wie dieser Mann. Selbst der einfachste Arbeiter in, sagen wir, einer Schnapsbrennerei in Austin, Texas wusste, wer Adolf Hitler war und wie er aussieht.

Das sind Traumquoten.

Ob man es wahrhaben will oder nicht: Adolf Hitler hat definitiv die breite Masse erreicht.

Und so definiert sich Pop. Lies im Lexikon nach.

Hitler nahm Sprechunterricht. Nahm Schauspielunterricht. Perfektionierte seinen Auftritt.

Und er wusste um seine Wirkung. Er benutzte die neuen Medien, um seine Botschaften zu verbreiten.

Ging in Deutschland auf eine, selbst nach heutigen Standards, professionell organisierte Tour, um in der kleinsten Scheune seine Brandreden zu halten.

Große Lautsprecher bliesen sein Bellen in die Ohren der abertausend Zuhörer.

Er prägte das Outfit einer Generation. Braune Uniform, schwarze Ledermäntel, SS-Totenköpfe.

Sorgte für einfachste Wiedererkennungsmerkmale. Das Hakenkreuz.

Und ganz klare Botschaften: Wollt ihr den totalen Krieg? Tod den Juden! Kraft durch Freude!

Arbeit macht frei!

Genau das Gleiche tut Michael Jackson.

Taten die Beatles.

Genau das planen die Typen im Hintergrund jeder American Idol Staffel mit ihren ahnungslosen Kandidaten.

Adolf Hitler war der erste Popstar.

Das Fernsehen ist deswegen die perfekte Illusion, weil ohne diese Illusion niemand zusehen würde.

Sandy wird so geschminkt, dass sie noch schmaler aussieht. Die Perspektive der Kamera nimmt deinem Gesicht die dritte Dimension und lässt es breit und fett aussehen. Das wollen wir nicht sehen.

Die Kandidaten einer mehrteiligen Game Show sind im Vorfeld bereits fein säuberlich selektiert worden.

Die Menschen, die diesen Job machen, wissen genau, nach was sie suchen: Sie suchen nach der perfekten Gruppe. In einer Gruppe muss die Chemie stimmen. Es darf niemanden geben, der den Charakter der Gruppe verdirbt. Bedenke – alle in der Gruppe werden dasselbe Ziel haben: Sandy. Sie ist das Objekt.

Die Kriterien, nach denen die Menschen hinter der Kamera ihre Gruppe selektieren, sind für jedes Format unterschiedlich. Bei einer Sendung wie *Survivor,* wo sie eine Handvoll Menschen auf einer einsamen Insel absetzen und ihnen dann nahezu unlösbare Aufgaben stellen, brauchst du mindestens zwei Alpha-Tiere.

Beide werden die Führerschaft der Gruppe für sich beanspruchen. Schon hast du das, was du willst: *Konflikte.* Und die Zuschauer warten gebannt mit ihrem Dosenbier in der einen und der Tüte Kartoffelchips in der anderen Hand auf die Minute, in der sich die beiden Alpha-Tiere den Schädel einschlagen.

Für das Format *Bachelorette* brauchst du eine möglichst repräsentative Schnittmenge aller verfügbaren männlichen Typen: den Romantiker, den Macho, den Draufgänger, den Soften, den Frauenversteher. Du solltest hier im Gegensatz zum *Survivor* peinlichst genau darauf achten, dass kein Charakter zweimal besetzt ist. Das führt nur zu Irritationen. Hier ist das größtmögliche Maß an Differenz zu beachten, denn das sorgt für das, was wir brauchen: *Konflikte.* Der Macho findet die Gedichte des Romantikers zum Kotzen.

Der Frauenversteher kann die misogynistische Grundhaltung des Machos auf keinen Fall akzeptieren. Der Softe findet den Umgangston des Draufgängers viel zu rüde. Der Draufgänger hält den Macho für ein Klischee.

Wunderbar. Jeder dieser Kandidaten bietet dem Zuschauer eins: eine persönliche Projektionsfläche. Jeder Zuschauer wird sich mit mindestens einem der teilnehmenden Kandidaten identifizieren können.

Das ist der Grund, warum wir plötzlich Interesse zeigen und die Sendung weiterverfolgen möchten.

Wir sehen immer nur uns selbst.

Wir sehen niemals andere Menschen.

Wir sehen immer nur Aspekte unseres eigenen Selbst in den anderen.

Das ist einfachste Psychoanalyse.

Der Mensch ist demnach sehr leicht zu betrügen.

Wenn du es schaffst, dass, sagen wir mal, in Huntsville, Ontario, ein nach Pisse stinkender Alkoholiker seinen nikotinvergilbten Zeigefinger dazu bringt, den Fernseher einzuschalten, weil dieser eine Kandidat, nennen wir ihn mal John Doe, ihn an seine eigene Gestalt in besseren Zeiten erinnert, an seine Version 1.0 sozusagen, dann hast du es geschafft.

Einschaltquoten repräsentieren den Bodensatz jeder Gesellschaft.

Das wird über Telefonquizsendungen und Mitmachgewinnspiele bewiesen.

Wer ruft um drei Uhr nachts auf einem dieser verirrten TV-Kanäle an?

Wer glaubt wirklich, dass er etwas bei diesen Möbelhauspreisausschreiben gewinnen kann?

Der Weg von Adolf Hitler zu Andy Warhol ist nicht so weit, wie du vielleicht denkst.

Adolf Hitler war der erste Popstar. Andy Warhol war der Erste, der Alltagsgegenstände zu Kunstobjekten erhob. Der Pop-Art schuf. Jeder kennt die Campbells Suppendose. Seine Prints von Marylin Monroe und Elvis, tausendfach kopiert. Seine These des 15-Minuten-Ruhms. Andy Warhol hatte verstanden, dass du mit Kunst nichts ändern kannst. Du malst kein Gemälde und erzeugst eine Massenhysterie wie bei den Beatles. Kein millionenfaches Stendhal-Syndrom, das zu einer gesellschaftlichen Umwälzung führt. Er hat den Sieg des Kapitalismus anerkannt, indem er dessen Sinn-

bilder einfach vervielfältigt hat. Er hat den Warenfetisch zur Ikone gemacht. In einer Welt, in der es nur um Fressen und Gefressen werden geht, ist nichts so wahr wie die Campbells Suppendose. Die Suppendose ist nichts anderes, als der Michelangelo des Zwanzigsten Jahrhunderts. Künstler glauben, dass sie dazu geboren wurden, Künstler zu sein und dass die gesamte Menschheit sie deswegen lieben muss. Sie benutzen Begriffe wie Schicksal, Inspiration und Selbstfindung, um sich zu erklären. Niemand versteht sie. Sie füllen einen Teddybär mit Hundescheiße und glauben, dass ihnen den jemand abkauft. Sie malen abstrakte Gemälde mit ihrem eigenen Sperma oder ihrem eigenen Ausfluss und geben ihnen bedeutsame Namen und sind beleidigt, wenn sie in keinem Museum ausgestellt werden.

Du weißt, deine neunjährige Cousine vom Land kann das mindestens genauso gut. Nur hat sie keinen Ausfluss und kommt auch nicht an Sperma heran. Aber sie könnte es. Und das zählt. Wir sind also nichts weiter als mit Sperma gemalte Bilder. Wir sind Namen. Wir sind Marken. Wir sind die Illusion. Wir sind ein Image. Ein Abziehbild. Ein Klischee. Wir sind nicht die, die wir sind. Und Kunst ist nicht das, was es vorgibt zu sein.

Wenn du das verinnerlicht hast, dann traust du niemandem mehr.

TKA. Trau keinem anderen. Überall siehst du Lüge, Verrat und Ausverkauf. Das sind *wir*. Wir sind das große Schaufenster, in dem jeder weiß, was in der Auslage liegt. Und wir sind gefickt. Wir stehen dort unser ganzes Leben lang, eine nackte Schaufensterpuppe, die alle ranlässt. Und das Einzige, was uns davon abhält, durchzudrehen, ist die Ablenkung. Nichts macht einen scharfen Verstand mürber und weicher als das Fernsehen.

Aggressive Männer, die Blut riechen und Schädel einschlagen, wollen mutieren zu lammfrommen Kindern, sobald die Mattscheibe beginnt zu flimmern und zu glühen.

Jeder Fick wird automatisch und leidenschaftslos, wenn die Nachrichtensender die neusten Fußballergebnisse über den News-Ticker einblenden und du hinsehen *musst.*

Revolutionäre werden zu Chips fressenden Fettsäcken, die auf ihrer Couch einschlafen, anstatt der *Propaganda der Tat* zu huldigen. Das ist das wahre, reaktionäre Gesicht Hollywoods. So sieht es aus. Fernsehen ist die fette, weiße Made in deinem Hirn, die deinen Verstand sprichwörtlich aushöhlt. Und du sitzt immer noch auf deiner Couch und nickst bei jedem Satz, den Robin Williams in *Patch Adams* sagt.

Sandy wuchs in guten Verhältnissen auf. Geld. Bildung. Gehobene amerikanische Mittelklasse. Ein Vater, der nie *Fuck* sagte, eine Mutter, die immer lächelte und die besten Brownies der Straße buk.

Kirche jeden Sonntag. Keine Sorgen. Zwei Autos. Drei Fernseher. Weiches Toilettenpapier. Urlaub in New York. Shopping. High School und College. Nette blonde Jungs in Footballsweatern, die sie nach Hause fahren wollten. Party. Die Vorstellung einer sauberen Zukunft. Alles perfekt. Die Idylle-Maschine.

Der Bullshitdetektor schlug nicht einmal im kleinsten messbaren Bereich aus. Und dann bekam sie dieses Papier in die Hand. Eine schmuddelige und abgegriffene Kopie, gebunden in einem kupferfarbenen Binder aus Plastik. Sie fand es auf dem Speicher ihres Elternhauses. In einer alten Kiste aus gebeiztem Holz, die wie die Schatzkiste aus einem alten Errol Flynn Film aussah. Versteckt hinter alten Klamotten ihrer Mutter.

Hinter einer Wand aus Pappkartons mit alten Schuhen.

Unter einer Schicht alter vergilbter Liebesromane.

Eigentlich hatte sie nach der Cheerleaderuniform ihrer Mutter gesucht.

Für ein Kostümfest ihrer Schule.

Stattdessen hielt sie nun dieses Stück Papier in den Händen.

Sie setzte sich auf den staubigen Boden und schlug die vergilbten Seiten auf.

Dann las sie.

»Das Leben in dieser Gesellschaft ist ein einziger Stumpfsinn, kein Aspekt der Gesellschaft vermag die Frau zu interessieren, daher bleibt den aufgeklärten, verantwortungsbewussten und sensationsgierigen Frauen nichts

anderes übrig, als die Regierung zu stürzen, das Geldsystem abzuschaffen, die umfassende Automation einzuführen und das männliche Geschlecht zu vernichten.«

Es war wie ein Schlag in das Gesicht. Niemals zuvor hatte sie etwas derart *Wahrhaftiges* gelesen.

Niemals zuvor hatte sie etwas derart *Brutales* gelesen. Sandy verschlang die Zeilen und sie wusste sofort, dass ihr Leben sich mit dieser Lektüre verändern würde. Niemals würde es mehr so wie zuvor sein.

Sie las weiter.

»Heute ist es technisch möglich, sich ohne die Hilfe der Männer zu reproduzieren und ausschließlich Frauen zu produzieren. Der Mann ist eine biologische Katastrophe: Das männliche Y-Gen ist ein unvollständiges weibliches X-Gen, das heißt, es hat eine unvollständige Chromosomenstruktur. Mit anderen Worten, der Mann ist eine unvollständige Frau, eine wandelnde Fehlgeburt, die schon im Genstadium verkümmert ist. Mann sein heißt kaputt sein; Männlichkeit ist eine Mangelkrankheit und Männer seelische Krüppel.«

Sandy begann langsam zu verstehen, worum es in dieser wahnsinnigen Schmähschrift überhaupt ging.

Sie war schockiert über die krasse Wortwahl. Sie war schockiert darüber, wie *richtig* das alles klang. Mit zitternden Händen schlug sie das Buch zu und strich mit ihren Fingern über den Einband.

›*Das S.C.U.M Manifesto* – Manifest zur Vernichtung der Männer‹ lautete der Titel.

Die Autorin hieß *Valerie Solanas.*

Woher kam dieses Buch? Was hatte es auf dem Speicher ihrer Eltern zu suchen?

Sandy stellte sich in den kommenden Tagen immer wieder diese Frage, fand jedoch einfach keine Antwort. Sie konnte nicht glauben, dass dieses

Buch einem Mitglied ihrer Familie gehörte. Dafür war es einfach zu hart. Ihre Mutter las lediglich Liebesromane, ihr Vater las in der Bibel und hatte ein Golfmagazin abonniert. *Valerie Solanas.*

Einen Namen, den sie zuvor noch nie gehört hatte. Sandy begab sich in die Bibliothek und suchte im zentralen Rechner nach diesem Namen. *Valerie Solanas.* Sie fand heraus, dass Solanas eine radikale Feministin im New York der späten 60er Jahre gewesen war. Sie hatte das SCUM Manifest eigenhändig verfasst und verkaufte Kopien davon auf den Straßen. Ihr Studium finanzierte sie mit Prostitution.

Zeitweise lebte sie im legendären Chelsea Hotel. Zeitweise war sie obdachlos.

Im Greenwich Village, dem Künstlerviertel New Yorks, lernte sie Andy Warhol kennen, damals schon ein Weltstar und immer auf der Suche nach neuem menschlichen Futter. Input für seine Factory. Es war das Jahr 1967. Kurz nachdem sie Warhol kennengelernt hatte, ging Valerie Solanas bereits in Warhols Factory ein und aus. Sie spielte sogar in einigen seiner Filme mit. Richtig Fuß fassen konnte sie in der dekadenten Community der Factory jedoch nie. Ganz im Gegenteil. Durch die Hierarchie innerhalb der Factory fühlte sie sich ausgebeutet.

Destiny Talk
Runde 1
Derek und Sandy

Derek: Ich bin Derek. Ich bin 29 Jahre alt und ich bin General-Manager der Division Inc., der größten Softwarefirma der Vereinigten Staaten.

Moderator: Hallo Derek! Ich frage dich ganz direkt: Warum denkst du, dass ausgerechnet du der perfekte Kandidat für unsere *Bachelorette* bist?

Derek: Ich bin jung, erfolgreich und attraktiv. Zumindest bekomme ich es oft genug gesagt und noch keine meiner bisherigen Partnerinnen hat sich über mein Aussehen beschwert … *(Grinsen)*

Nun, aber natürlich sind das nicht die primären Attribute, die mich qualifizieren. Ich denke, dass ich ein intelligenter, smarter und modern eingestellter junger Mann bin, der einer Frau alles bieten möchte.

Moderator: Derek, erzähle mir doch ein wenig Persönliches von dir …

Derek: Nun, ich bin ein gnadenloser Romantiker. Ich mag Candle-Light Dinner und Spaziergänge am Strand. Ich koche gerne, wenn ich die Zeit dazu habe und mag alte Hollywood-Filme … diese ganze Atmosphäre finde ich toll … na ja, außerdem stehe ich total auf Strandspaziergänge, Cocktails trinken im Mondschein, verträumte Wochenendtrips an die Küste …

Moderator: Derek ist also Romantiker und mag alte Hollywood-Filme … Wird er das Herz unserer Bachelorette bei einem Candle-Light Dinner und einem Gene Kelly Filmabend erobern können?

Finden wir es heraus und begrüßen nun gemeinsam die Bachelorette des Jahres 2007 … SANDY!

(Sandy kommt eine lange, weiße Wendeltreppe herunter, die von roten Plastikrosen eingefasst ist. Sie trägt ein langes, cremefarbenes Kleid. Sie setzt sich in die ebenfalls weißen Schalensitze zwischen Derek und den Moderator.

Moderator: Hallo Sandy! Ich begrüße dich herzlich bei der ersten Runde des Destiny-Talks …

Sandy: Hallo … *(süßes, verlegenes Lächeln)*

Derek: Hallo Sandy! *(Schmunzeln)*

Moderator: Sandy, am Besten holst du erst mal Luft und entspannst dich … *(wartet einen Moment)*

Du bist aus mehreren 1 000 Bewerben, die in unzähligen Castings im ganzen Land gegeneinander angetreten sind, ausgewählt worden … bitte beschreib uns, was das für ein Gefühl ist.

Sandy: Ein gutes Gefühl …

Moderator: Das kann ich mir vorstellen … Wie fühlst du dich jetzt vor der Kamera, wenn du weißt, Millionen sehen dir *genau jetzt* zu?

Sandy: Ich bin etwas nervös … aber eigentlich ganz okay!

Moderator: Gut … das ist gut. Für unser Publikum im Studio und für alle, die heute zum ersten Mal dabei sind … der Destiny-Talk ist die erste Begegnung zwischen unserer Bachelorette und jeweils einem der zehn männlichen Kandidaten, sozusagen eine Runde, in der sie sich unverbindlich beschnuppern können …

Publikumsapplaus.

Moderator: Dann kann es ja losgehen …

Die einen sagen Andy Warhol hätte sein Wort nicht gehalten. *Hätte Andy doch besser sein Wort gehalten.*

Die einen sagen so, die anderen so. Die einen sagen, sie sei total durchgeknallt gewesen. *Und zwar schon immer.* Das sagen sie. Und: dieses Theaterstück. Und Andy Warhol. Und diese Durchgeknallte, die es geschrieben hat. Dann fängt sie an, ihn anzurufen. In den unpassendsten Momenten, versteht sich.

Beginnt, ihm aufzulauern.

Ihn zu terrorisieren.

Und dann: *Bumm!* Irgendwann reicht es ihr.

Sie dringt in die Factory ein und … *Bumm!*

Genauer gesagt: *Bumm! Bumm! Bumm!*

Sie schießt dreimal auf Andy.

Warhol überlebt schwer verletzt und wird nie wieder derselbe sein.

Bis zu seinem Tod.

Destiny Talk
Runde 2
Derek und Sandy

Moderator: Das erste Spiel zwischen unseren neuen Kandidaten wird der vom Publikum so heiß geliebte *Easysmoother* sein. Der *Easysmoother* ist eine sich abwechselnde Fragerunde, in der sich die Kandidaten gegenseitig auf den Zahn fühlen sollen. Es wird also bestimmt *spannend* werden … was werden sich unsere Kandidaten fragen? Werden die Fragen persönlich und intim oder werden wir vielleicht sogar einige Geheimnisse erfahren? *Seien wir gespannt!!!*

Der Easysmoother

Derek: Nun, äh … ich weiß auch nicht, warum ich anfangen muss …

Sandy: Weil du ein Mann bist …

Derek: Ich … ich weiß nicht. Na ja …

Sandy: Ist doch auch egal. Frag' mich was, es ist deine Runde.

Derek: Nun, also … *(lange Pause)* Was denkst du so über Beziehungen an sich?

Sandy: Ich denke, dass die klassische Beziehung das letzte Vehikel für den Mann ist, die patriarchalische Grundordnung aufrechtzuerhalten …

Derek: Ah! *(Sieht sich verwundert zum Moderator um)*

Sandy: Oder wie siehst du das?

Derek: Ich … ich denke da etwas anders drüber, also …

Sandy: Wie denn? Dass die Frau nett anzusehendes Beiwerk ist, dass man sie zwischendurch mal durchfickt und sie ansonsten das Maul zu halten hat?

Derek: Nein, nein …

Moderator: Sandy, trotz aller Emotionen, bitte *keine* Vulgärsprache! Wir sind *live* auf Sendung!

Mahnendes Gesicht des Moderators.

Sandy nickt.

Derek: Ich denke, Mann und Frau sollten in einer sich ergänzenden Konstellation stehen, in der kein Geschlecht überwiegt … in der es keine Machtverhältnisse gibt. Also, in einer modernen, emanzipierten Beziehung … so wie ich sie verstehe! Ich meine … siehst du das anders?

Sandy: Hör zu, Derek. Männer sind völlig egozentrisch, in sich selbst eingekerkert und unfähig, sich in andere hineinzuversetzen oder sich mit ihnen zu identifizieren, okay? Sie sind unfähig zu Liebe, Freundschaft, Zuneigung oder Zärtlichkeit. Du bist ein vollkommen isoliertes Einzelwesen, unfähig zu irgendwelchen Beziehungen mit anderen, geschweige denn mit Frauen! Deine Reaktionen kommen aus den Eingeweiden, nicht aus dem Gehirn und deine Intelligenz ist lediglich Werkzeug deiner Triebe und Bedürfnisse. Derek, sieh ein, dass du unfähig zu geistiger Leidenschaft und geistigem Kontakt bist.

Für dich gibt es nichts außer deinen eigenen, physischen Sensationen. Du bist ein halbtoter, reaktionsloser Klotz, unfähig, Freude und Glück zu geben oder zu empfangen. Du bist bestenfalls ein altes Ekel, ein harmloser Tropf. Charme hat nur, wer auf andere einzugehen vermag. Männer sind irgendwo im Niemandsland zwischen Mensch und Affe stehen geblieben. Wobei, ich muss zugeben, du bist schlechter dran als ein Affe, denn du bist nicht mal als Zuchtbulle geeignet.

Derek: Also hör mal, du siehst ja echt nett aus und so …

Sandy: Ich bin nicht nett, Derek. Ich bin eine bissige und böse Fotze …

Moderator: Sandy, ich fürchte … ich weiß auch nicht … ich denke, das geht zu weit!

Sandy: Ach ja?

»Wie die Menschen durch ihre höhere Entwicklung und ihr höheres Bewusstsein ein vorrangiges Lebensrecht gegenüber den Hunden haben, so haben die Frauen ein größeres Lebensrecht als die Männer. Die Vernichtung sämtlicher Männer ist daher eine gute und rechtliche Tat; eine Tat, die sich zum Wohl der Frauen wie zum Segen aller auswirken würde. Wir werden alle Männer töten, die nicht Mitglieder der S.C.U.M.-Männerhilfstruppe sind. Mitglieder der Männerhilfstruppe sind diejenigen, die fleißig daran arbeiten, sich selbst zu eliminieren. Männer, die – aus welchen Motiven auch immer – Gutes tun. Diese wenigen überlebenden Männer mögen ihre kümmerlichen Tage mit Dropouts und Drogen fristen, als Transvestiten in Frauenkleidern herumstolzieren … oder sie können gleich um die Ecke zum nächsten Selbstmord-Center gehen, wo sie unauffällig, schnell und schmerzlos vergast werden. Und vor der Einrichtung der Automation, vor der Ersetzung der Männer durch Maschinen sollen die Männer den Frauen zu freier Verfügung stehen, ihnen dienen, alle ihre Launen fördern, allen ihren Befehlen gehorchen, sich ihnen total unterwerfen, perfekten Gehorsam gegenüber der Frau als ihren einzigen Lebenszweck akzeptieren. Rational denkende Männer wollen zusammengeschlagen, mit Füßen getreten, am Boden gehalten, niedergedrückt und wie Hunde behandelt werden; dreckig, wie sie sind, wollen sie ihre Widerwärtigkeit bestätigt wissen.«

Bill Ruddock war bereits seit 12 Jahren bei diesem Sender. Anfangs als Anchorman für den Wetterdienst. Später dann als Moderator für Game Shows, in denen sich kleine, siebenjährige Schreihälse in die Hose pissten und in dämlichen Spielen gegeneinander antraten. Er hatte viel erlebt. Seinen persönlichen Zenith hatte er mit der Sendung *The Bachelorette* erreicht. Der große Wendepunkt in seiner Karriere. Es ging aufwärts. Raus aus den kleinen, miefigen Studios. Weg von den schreienden Kindern, denen man am liebsten die Stimmbänder mit einem scharfen Messer durchtrennen würde. Jetzt moderierte er in den großen Studios im A-Block des Senders. Er hatte eine eigene Kabine und eine eigene Crew. Visagisten. Stylisten. Sogar einen Personal-Coach. Bill Ruddock war definitiv auf dem Weg in den TV-Olymp. Nach *ganz* oben. Als er die Zeilen von dem Blatt Papier las, das Sandy ihm in die Hand gegeben hatte, wurde ihm trotzdem schlecht. Bill sah in die Mündung einer nagelneuen .38er, die Sandy ihm vor das Gesicht hielt.

Bill sah dann in ihre funkelnden Augen.

Sie sahen verdammt *überzeugt* aus.

Jedem wäre schlecht geworden.

Bill sah, wie sich Dereks braune Anzughose dunkel verfärbte.

Er sah, wie sich der General-Manager der größten Softwarefirma der Vereinigten Staaten in die Hose pisste.

Er sah diesen Ausdruck in Dereks Gesicht, den er von den kleinen Siebenjährigen so gut kannte. Als hätten sie in eine furchtbar saure Frucht gebissen und würden direkt danach einen stinkenden Furz riechen.

Er sah, wie Sandys Lippen sich bewegten.

Sie sagten: »Wenn du dein Hirn hier nicht auf der beschissen weißen Ledercouch verspritzt sehen willst, dann lies das hier laut und deutlich vor. Und mit dem Gesicht schön in die Kamera …«

Und Bill Ruddock tat es, ohne zu Zögern.

Sein Gehirn sendete: *Akute Lebensgefahr*.

Er las.

Millionen Zuschauer sahen zu.

Millionen Zuschauer hörten die Worte.

Aus Bill Ruddocks Mund.

Sie hörten die Worte.

Aus dem Mund des netten Moderators, den alle noch aus *Little Kids World* kannten.

Und im Hintergrund wischte sich Amerikas Wirtschaftselite den Urin von der Hose.

Nachdem er die letzte Silbe vorgelesen hatte, da herrschte sie: die absolute Stille.

Niemand sagte ein Wort.

Niemand schien zu atmen.

Es war, als hätten alle Fernsehapparate ein Vakuum in die überheizten Wohnzimmer der Bevölkerung geblasen.

Alles war wie in einer rauschenden und schillernden Blase.

Sandy fragte ihre Mutter nach dem Buch. Und so begann es. Wenn du dich befreien willst, dann heißt das Schmerz. Für dich. Für andere. Wenn du dich befreien willst, musst du die Freiheit der anderen opfern. Oder alle befreien. Wenn du dich befreien willst, dann unterliegst du einem Zwang. Du bist in deinem Körper und in deiner Zeit eingesperrt. Wir sind immer in etwas gesperrt, was sich unserer Macht entzieht. Doch das, was du verändern kannst, das wirst du irgendwann verändern wollen. Du wirst es zumindest versuchen.

Sandys Vater war bei der Armee. Er fragte nie zweimal. Er erklärte nichts zweimal. Sandys Mum hieß Carol. Carol war eine schöne Frau. Highschool-Beauty. Die Queen des Viertels. Sandys Dad hieß Richard. Richard war Quarterback der Highschool-Football Mannschaft, als er Carol kennenlernte. Sie waren jung. Er mochte ihre zierliche Figur. Sie mochte seine markanten Züge. Sie heirateten bald.

Carol sagt: Dein Vater. Ich kann ihn verstehen. Er ist abgespannt und der ganze Druck auf der Arbeit.

Carol sagt: Es ist nicht schlimm. Nicht so schlimm, wie du denkst. Wir sind doch eine glückliche Familie. Dein Vater trinkt nicht. Treibt sich nicht in Bars rum. Er ist ein anständiger Mensch.

Carol sagt: Er ist dir ein guter Vater. Er ist mir ein guter Ehemann.

Und: *Ich liebe ihn.*

Sandy sagte nichts. *Sie fühlte*. Schweigen und Fühlen bedeuten meistens die tieferen Narben in unseren Herzen. Wenn du hart schlägst, platzt die Haut nach allen Seiten auf. Sie schwillt an. Besonders um die Augen. Du kannst sagen: *Ich bin gefallen*. Niemand wird dir glauben. Wenn du einem Menschen in den Körper schlägst, und weißt genau, wo du schlagen musst, sind es die Schläge, die am meisten Schaden anrichten. Du siehst es nicht. Doch die Person pisst Blut. Oder bekommt noch Tage danach Magenkrämpfe oder Atemnot. Du kannst einen Menschen so schlagen, dass ihm das Herz auf der Stelle stehen bleibt. Richard fragte nie zweimal. Nach dem ersten Mal schlug er zu. Und er konnte das. Das mit dem Schlagen. Er war verdammt gut darin. Sandy schlug dann die Hände über dem Kopf zusammen und ging hoch in ihr Zimmer. Und weinte. Und Carol steckte sie ein, die Schläge. Jahrelang.

Jeder Körper kann ein Maximum an Schlägen einstecken. Du siehst halb blind geprügelte Boxer, die noch in den Ring steigen und kämpfen können. Du siehst Nasen, die zehnmal gebrochen waren und noch funktionieren. Zertrümmerte Rippen. Beschädigte innere Organe. Das alles überlebst du. Der Mensch ist ein zähes Tier. Doch wenn du nichts als Liebe willst und mit Schlägen gedemütigt wirst, *...das überlebt niemand*. Und dann war es so weit. Eines Tages stand Carol einfach nicht mehr auf. Sie blieb in ihrem noch warmen Bett liegen. Die Sonnenstrahlen zerschnitten die Dunkelheit. Die Kinder schrien auf dem Weg zum Schulbus. Ihr Mann schrie nach Frühstück. Und sie blieb einfach liegen. Ihr Geist hatte es nicht mehr ertragen. Ihr Körper hatte aufgehört, zu ertragen. Wie das Herz eines Boxers nach einem Knock Out zu viel einfach zerbricht und der Mann dann nie wieder derselbe ist. Genau das war irgendwann in der Nacht zuvor passiert. *Carol war einfach gegangen.*

Sandy rann der Schweiß durch ihr überschminktes Gesicht. Die Scheinwerfer blendeten sie. Ihre Finger verkrampften sich, so fest hielt sie ihre

.38er. In der absoluten Stille, die herrschte, erinnerte sie sich. Ihre Mum sagte: Es gab eine Zeit, da wollte ich weg. Da wollte ich ihn töten. Früher. Ich hatte Wut. Ich hatte Angst. Aber ich wollte es verdammt noch mal tun. Ihn einfach ausknipsen. Ihn für das, was er mir all die Jahre angetan hat, leiden sehen. Langsam. Man hört sich um. Auch ich tat das. Und dann hörte ich von ihr. Von dem, was sie getan hatte und für was sie stand. An was sie glaubte. Ich habe es mir gekauft und versteckt. Es gab eine Zeit, da hatte ich jede Zeile von SCUM auswendig aufsagen können. Ich behielt es als mein Geheimnis immer in meinem Kopf. Immer, wenn er mich schlug, rezitierte ich stumm eine Zeile aus SCUM. Das war meine Geheimwaffe gegen ihn. Gegen seine verdammte männliche Übermacht. Ich wollte ihn vergiften. Mit Bleichmittel. Ich hätte es ihm unter das Essen gemischt. Er wäre jämmerlich dran verreckt. Niemand hätte etwas gemerkt. Aber ich konnte es nicht. Ich weiß nicht, warum. Ich habe immer noch gehofft, dass er sich ändert. Dass alles gut wird. Dass wir eine glückliche Familie werden, so wie ich es mir immer gewünscht habe …

Sandy wusste es besser. Nach dem Tod ihrer Mutter gab es nichts mehr. Nichts mehr zum hoffen. Sie vergiftete ihren Vater mit Bleichmitteln. Sie mischte es ihm unter das Essen, das sie für ihn kochte. Es dauerte zwei volle Jahre. Ihr Vater hatte eine extrem robuste Konstitution. Zuletzt fielen ihm alle Haare aus. Sein Magen glich einem Schweizer Käse. Eine einzige narbige Masse. Er starb einsam in seinem Fernsehsessel. Über den Bildschirm flimmerte gerade die erste Staffel von *The Bachelorette.* Sandy fühlte seinen Puls, um sicherzugehen, dass er auch wirklich tot war. Dann sah sie in die Gesichter dieser jungen Männer im Fernsehen. Wie sie sich dumm benahmen. Dumm benahmen, um dieser jungen Frau zu gefallen. Und dann sah sie die junge Frau, die sich noch dümmer benahm, um den Männern zu gefallen. Sie würde genauso in die Falle gehen, wie ihre Mutter. Dominiert, weil sie nicht um ihre eigene Stärke wusste. Sandy schwor sich vor dem Fernseher, neben ihrem toten Vater, dass sie das ändern musste. Das war sie ihrer Mutter einfach schuldig.

Und jetzt stand sie in diesem Studio. Sie hatte das bekannteste Gesicht des amerikanischen Fernsehens dazu gezwungen, SCUM vorzulesen, jede einzelne Zeile. Während der besten Sendezeit. Eine Werbesekunde kosten dich an die hunderttausend Dollar. In der beliebtesten Sendung der USA. Alle sahen zu. Kinder. Jugendliche. Mütter. Väter. Großmütter. Witwen. Waisen. Kriminelle. Alle. Und alle sahen sie diesen Mund, der diese Zeilen vorlas. Laut und deutlich vorlas. Bill Ruddock war immer noch eine Wucht. Er hängte sich voll rein. Er legte sich mächtig ins Zeug. Eine Minute danach knallte der erste Schuss aus einem Colt in den Kopf eines übergewichtigen Ehemannes, der auf der Couch vor dem Fernseher saß. Niemand empfand Mitleid mit ihm. Sogar seine Kinder lachten.

Und dann schiebt sich Sandy den Lauf in den Mund und drückt ab.

Es ist ein leiser Abtritt.

Es macht nicht laut: Bumm!

Niemand schreit.

Niemand kreischt.

Vorbereitet.

Dieser Abtritt war *vorbereitet.* Das macht den Unterschied.

Die Kugel tritt senkrecht aus der Schädeldecke wieder aus.

Ihr Hirn spritzt auf die weiße Ledercouch.

In manchen B-Movies haben selbst Kopfschüsse etwas Lustiges.

Hier nicht.

Hier ist alles *echt.*

Und Sandy macht aus ihrem toten Körper die letzte sichtbare Hülle einer Märtyrerin.

Sie ist das Organ der Explosion.

Zehn Minuten später geht eine Hausfrau in El Paso mit einem Küchenmesser auf ihren Mann los.

Dreizehn Minuten später überfällt eine Horde Landfrauen den Waffenladen der Kleinstadt, in der sie leben.

Bis an die Zähne bewaffnet marschieren sie nachhause. *Dort* möchtest du nicht sein.

Sechzehn Minuten später verbrennt eine Prostituierte in Miami ihrem Freier mit einer aus Deospray und Feuerzeug entfachten Flamme das Gesicht.

Zweiundzwanzig Minuten später marodieren die ersten bewaffneten Zellen durch Downtown Los Angeles. Es sind Frauen in Hosenanzügen, Frauen in Küchenschürzen, Frauen in Hot Pants. Mit operierten Brüsten, mit Hängebrüsten, ohne Brüste.

Ihre Argumente: .44er, .45er, .38er.

Geladen. *Und sie haben alle eine Stinkwut.*

Kings of Nuthin'

*»Wenn einer nicht den Mut hat, seine Mutter zu ficken,
sollte er wenigstens seinen Vater erschlagen.«*

Heinz Sobota

»Ich *hasse* diese Stille«, sage ich, oder irgendetwas in der Art. Ich sage es mehr zu mir selbst, aber ich habe das Gefühl, die ganze beschissene Welt hört mir zu.

Türkische Frauen in dicken, weiten Kleidern und mit bunten Kopftüchern sitzen in kleinen Kreisen vor den grauen Mietshäusern und stecken Platinen zusammen. *Schlecht bezahlte Heimarbeit.* Sie sehen keine Sekunde von ihrer Arbeit auf. Sie haben mich wahrscheinlich nicht einmal registriert, diese Fotzen. Sie schweigen und halten ihren Blick streng auf die Platinen gerichtet, die sie zusammenstecken. So, als ob ihr Leben davon abhängen würde. Stundenlang. Pretty Boy schnippt seine Zigarette auf den heißen Asphalt.

»Ich hasse die Stille, und ich hasse diese alten Fotzen, die Platinen zusammenstecken und irgendwann verrecken, ohne dass sich jemand an sie erinnern wird …« Ich nehme einen Schluck aus meiner Coke. Die Coke ist nur noch ein einziger pisswarmer Sirup. Ich kann mich nicht an einen heißeren Sommer als diesen erinnern. Pretty Boy hat sein Shirt ausgezogen. Er reibt sich über seine tätowierten Oberarme. Charly hat sie ihm mit Rotringtinte und einer Nadel gestochen. Nächste Woche will er mir auch eins auf meinen Oberarm machen.

»Warum *hasst* du die Stille, Mann?«

»Weil ich dann nachdenken muss …«, antworte ich und schmeiße die Coke auf den Spielplatz, der auf der anderen Straßenseite liegt. Das Glas zerschellt auf dem schmalen Streifen Asphalt. Pretty Boy lacht, aber er sagt nichts. Er weiß, was ich meine. Ich will irgendetwas erleben. Ich habe das Gefühl, die Zeit rennt mir weg, denn morgen werde ich aufwachen, und etwas Neues wird beginnen. Etwas, dass ich jetzt schon hasse. Unsere Geschichte ist bereits geschrieben: Wir sind *unten* aufgewachsen. *Unten,* das ist die herunter gekommenste Straße der Stadt. Asoziale Großfamilien, Asylanten, Sozialhilfeempfänger, das ganze Dreckspack und der Abschaum. Ich setze mich auf eine Mülltonne. Ich packe mein Päckchen Tabak aus, drehe einen Joint und zünde ihn an. Dann steht plötzlich dieser kleine Junge vor mir und zeigt auf den Spielplatz. Ein kleiner Drecksack mit brauner Haut.

»Verpiss dich, kleiner Wichser …« Er grinst und rührt sich nicht. Er zeigt einfach weiter auf den Spielplatz. Ich weiß, er kommt wegen der Colaflasche.

»Ich sage, du sollst dich *verpissen!«* Er grinst weiter. Dieser kleine Wichser will einfach nicht verschwinden. Dann muss er halt dran glauben. Ich stehe auf und verpasse dem kleinen, braunen Jungen eine saftige Ohrfeige. Sie klatscht richtig, so als ob man gerade irgendeine Schlampe hart von hinten fickt. Und dann fängt er auch noch an zu weinen. Ich hasse es, wenn jemand weint. Es macht mich hilflos, und ich hasse es zuzusehen. Einen Moment später kommt sein Vater von der anderen Straßenseite herüber, genauso dreckige Haut, wie seine Brut, ein verdammter, stinkender Inder oder so was. Er ist gerade dabei, einen Fehler zu machen, doch das weiß er nicht. Charlie steht auf und nimmt sein Skateboard in die Hand. Er wartet, bis der Braune in Reichweite ist, dann schlägt er zu. Die Schraube der Vorderachse gräbt sich mit einem knackenden Geräusch in den Wangenknochen. Blut spritzt. Der Kleine beginnt zu schreien und zu heulen: *»Papaaa … Papaaa!«* Einen Augenblick später sind wir verschwunden. Die Bullen suchen uns, doch sie finden uns nicht.

Pretty Boy Floyd ist der Älteste von uns, und er ist so, wie man sich einen älteren Bruder vorstellt. Er scheint vor nichts Angst zu haben. Pretty Boy hat letztes Jahr die Schule kurz vor dem Ende abgebrochen und seitdem hält er sich mit Gelegenheitsjobs über Wasser. Zurzeit arbeitet er an einer Tankstelle. Er ist dort für die Autowaschanlage zuständig. Er sagt, es ist ein beschissener Job, aber er könnte da draußen in seiner Kabine in Ruhe einen rauchen. Pretty Boy spricht nicht mehr so viel in der letzten Zeit. Seine Mutter war an Krebs gestorben, irgendeine ziemlich üble Sorte. Sie war wohl regelrecht dahingesiecht, wie ein krankes Tier. Es hatte lange gedauert, bis sie endlich unter der Erde war. Pretty Boy sagte oft, dass er sich wünsche, sie würde endlich verrecken, damit dieses Warten endlich ein Ende habe.

Pretty Boy hat seinen Namen weg, weil er Mafiafilme über alles liebt. Ich habe mit ihm unzählige Male *Godfather, Goodfellas* und *Lucky Luciano* ansehen müssen, bis ich fast kotzen konnte. Pretty Boy ist der Einzige, der einen Führerschein besitzt. Sein ganzer Stolz ist ein halb verfallener, weiß lackierter Mercedes Benz 230 Coupe, Baujahr 1977, den er für ein paar Hundert Mark von einem Schrottplatz gekauft hat. Der Motor hat einen Zylinder zu wenig, der Anlasser funktioniert nicht richtig und das Licht am Armaturenbrett ist ausgefallen – ein Fehler, der sich nicht beheben lässt. Das bedeutet, dass man nachts nie weiß, wie schnell man fährt. Wenn Geld für Sprit da ist, drehen wir Runde um Runde durch die Stadt, immer wieder die Hauptstraße entlang. Wir suchen nach Dope, willigen Mädchen und einer Schlägerei. Es ist unsere Art, Spaß zu haben.

Charlie hat seinen Namen weg, weil seine Augen mandelförmig sind. Keiner aus seiner Familie ist asiatischer Abstammung, trotzdem sieht er aus wie ein Japs. Wir ziehen ihn damit auf, dass seine Mama es hinter dem Rücken seines Vaters mit einem Reisfresser getrieben hat und er das Ergebnis ist. Charlie ist der erste Skater, den ich jemals fahren gesehen habe. Er ist ein begnadeter Skater. Er fährt in Parkhäusern und auf selbstgebauten Rampen. Wenn er auf dem Board steht, sieht es irgendwie elegant aus, eleganter als bei den anderen. Er hat keine Angst vor Geschwindigkeit und

Verletzungen. Charlie lebt für das Skaten und für das Zeichnen. Er zeichnet kleine, böse Comic-Strips, in denen großtittige Nonnen sich Jesus-Kreuze in die Möse schieben oder Godzilla unseren Schuldirektor mit einem Riesenschwanz den Arsch so lange fickt, bis er einfach zerplatzt und die Scheiße aus seinem Darm spritzt.

Pretty Boy Floyd, Charlie und ich – wir sind Freunde, solange ich denken kann. Es scheint einfach schon immer so gewesen zu sein. Wir haben eine Menge zusammen erlebt. Den ersten Fick, den ersten Joint, das erste Mal was aus der Auslage klauen. So etwas schweißt zusammen. Einmal sahen wir uns einen Film in Pretty Boys Zimmer an und plötzlich stand sein Vater im Zimmer. Er war lediglich mit einem weißen Feinrippunterhemd bekleidet, ansonsten war er nackt, sein Penis baumelte zwischen seinen behaarten Schenkeln. Er roch nach Alkohol und altem Schweiß. Er war sehr betrunken und konnte sich kaum auf den Beinen halten. Er umarmte mich und drückte mir eine Kaffeetasse voll mit *Zinn 40* unter die Nase. Er trank immer *Zinn 40,* keine Ahnung, warum. Ich hätte fast gekotzt, so stark zog der Geruch des warmen Alkohols in meine Nase. Pretty Boy befahl ihm, das Zimmer sofort zu verlassen. Und als er es nicht tat, verpasste er ihm einen harten Schlag in seine aufgedunsene Fresse. So hart, dass sein Kopf gegen den Fernsehschrank prallte und dort ein Stück der schwarz lackierten Verkleidung herausbrach. So was schweißt zusammen.

Pretty Boys Benz *läuft.* Wir haben für Sprit zusammen geschmissen. Fühlt sich seltsam an: Morgen früh werde ich neben irgendwelchen Idioten sitzen, die ich in meinem Leben noch nie gesehen habe. Eine neue Klasse. Noch ein Jahr Schule. Es ist Sonntag und ich sitze auf dem Beifahrersitz dieser Schrottkiste, in der es nach Öl und Dope riecht. Alles ist wie immer. Pretty Boy drückt eine Kassette in das Tapedeck: Guns 'n' Roses. Wir sind alle damit groß geworden. Ich habe Nirvana und Kurt Cobain immer gehasst, und er hat auch nie für mich gesungen. Das ist Musik für Gymnasiasten. Axl Rose wusste, was es heißt, wie ein Hund behandelt zu werden, und wie es sich anfühlt aufzuwachsen und sie in die Fresse zu kriegen.

Deswegen mag ich ihn.

Pretty Boy lenkt den Wagen durch die Straßen. Eine Menge Leute draußen. Wir fahren die Hauptstraße rauf und runter, rauchen Joints, trinken Dosenbier. Langsam werde ich stoned. Keine Kontrolle über das, was du denkst. Ich hasse das. Werde sentimental. Dann fahren wir zurück in unser Viertel. Am Straßenrand taucht plötzlich Nicole auf. Nicole ist eine richtige Schlampe, die sich von jedem durchficken lässt. Wir haben sie alle irgendwann mal zusammen gefickt, ein richtiger Vierer. Ein paar Jahre her. Das war in einem Kellereingang ohne Licht, ein Haus von Wildfremden. Sie stellte sich gegen die Wand und hob ihr Bein auf das Treppengeländer, damit unsere Schwänze besser in ihre feuchte Fotze rutschen konnten. Wir fickten sie alle drei direkt hintereinander, hart und schnell, und der Saft lief ihr aus ihrem Loch heraus die Beine herunter. Ihre Möse stank erbärmlich, das weiß ich noch. Mein Finger roch noch Tage später nach ihrem Spundloch. Nicole hat das typische Gesicht einer Nutte – naiv, dumm, mit diesem zu offenen Ausdruck in den Augen. Aber wenn dein Schwanz hart ist, spielt das keine Rolle. Nicole ist die Sorte von Frau, die du mit deinem Schwanz zerstören willst. Ihre Eltern sind Alkoholiker, die in einem dreckigen Bungalow am Ende der heruntergekommensten Straße der Stadt wohnen. Ihre Mutter macht die Beine für Kohle breit, darauf schwöre ich. Die lässt für einen Zwanziger auch den letzten verlausten Nigger seinen Schwanz in ihre Fotze hängen. Da geht also ihre Tochter und wackelt mit ihrem schmalen, abgemagerten Arsch und ihrer stinkenden Fut. Ich drehe das Fenster runter und sage: »Hey Baby, was geht denn heute Abend?« Sie reagiert nicht und dreht den Kopf weg. Das macht mich wütend. War ich der verdammten Schlampe plötzlich nicht mehr gut genug?

Wenn du dein Leben lang mit dem Gefühl aufwächst, nicht beachtet zu werden, dann kocht irgendwann nur noch Wut in dir. Pretty Boy verlangsamt die Fahrt und duckt sich zu ihr raus.

»Hey, Nicole ... komm schon, wir fahren dich nach Hause ... wir haben Gras dabei ... komm schon, steig' ein, dann rauchen wir alle einen ... is' nichts dabei ...« Dann fährt er den Benz auf die Bordsteinkante und legt den Leerlauf ein. Der Motor beginnt zu vibrieren. Nicole bleibt stehen und sieht uns an.

»Habt ihr auch was für durch die Nase?« Pretty Boy grinst. Bei Drogen werden sie alle zu ferngesteuerten Affen, die ihre Bananen wollen.

»Nein, Baby, aber gutes Gras aus Maastricht … das dröhnt dich auch zu. Vielleicht hat ja einer von den Jungs in der Siedlung 'n bisschen Pulver übrig …« Nicole kommt näher und schiebt ihren knochigen Arsch auf die Motorhaube.

»Ihr erzählt mir auch keinen Scheiß, oder?«

Charlie klopft von innen gegen die Scheibe und zeigt ihr den Beutel Gras.

»Okay«, sagt sie, »und dann fahrt ihr mich nach Hause, okay?«

»Klar, machen wir!«, antworte ich und Pretty Boy nickt.

Nicole sagt, dass sie nicht mit uns ficken will. Ich weiß nicht mehr wann, ich weiß nur, dass sie es sagt. Irgendwann sagt sie: »Ich will nicht mit euch ficken, Jungs. Ich weiß, wir haben's mal getan, aber nicht heute.« Und dann erinnere ich mich, wie Pretty Boy in die Wohnblocks einbiegt und diese kleine Einbahnstraße entlangfährt, die am Wald endet. Charlie dreht einen Joint und wir alle rauchen. Ich bin ziemlich schnell stoned. Pretty Boy will unbedingt, dass Nicole seinen Schwanz lutscht, aber sie will nicht. Der Pretty Boy bleibt hartnäckig. Immer wieder fängt er mit dem Schwanzlutschen an.

»Lutsch doch meinen Schwanz, Nicole, is' doch nichts dabei …«

Aber sie will nicht, und irgendwann macht er die Fahrertüre auf und zieht Nicole an ihren Haaren aus dem Auto raus. Sie brüllt und will, dass er sie loslässt, doch das tut er nicht. Er schleppt sie um den Wagen herum und schlägt ihr ins Gesicht. Er hält ihr mit einer Hand den Mund zu, mit der anderen reißt er die Hose auf. Sie schreit mit ihrer hellen, kreischenden Stimme, aber nichts passiert, keiner kommt raus, keiner macht sein Maul auf. Pretty Boy schiebt ihr seinen Schwanz rein und reißt ihr wahrscheinlich damit die Möse blutig. Er fickt sie. Es dauerte, alles in allem, nur eine halbe Minute. Sie schreit. Er schlägt ihr noch einmal ins Gesicht und hält ihr wieder den Mund zu. Ein Fenster geht auf. Ein Mann im Unterhemd sieht raus. Kurz. Er macht das Fenster wieder zu und zieht die Vorhänge zu.

Pretty Boy ist fertig. Er geht um den Wagen herum, setzt sich und steckt sich eine Zigarette an. Als er den Motor startet, sitzt Nicole draußen auf dem Asphalt, neben der Beifahrertüre. Sie weint und ihr Makeup ist verschmiert. Das war das Letzte, was ich von ihr sah. Danach habe ich sie nie wieder gesehen.

Im Wagen: Stille. Jeder sieht geradeaus. Durch den anderen durch. Es beginnt zu regnen. Nur ein leichter Nieselregen. Wir fahren auf den Berg, wo die Luft klar ist. Hier ist man alleine, sieht auf die Lichter dieser beschissenen, kleinen Stadt, die uns nicht gehen lassen will. Ich habe oft vom Weggehen geträumt. Alle haben das. Niemand hat es geschafft. Daniel, ein Kumpel, hatte es bis nach Paris geschafft, dort in den Katakomben gehaust und Reste gefressen. Nach einem Jahr kam er wieder und hatte nur noch verfaulte Zähne im Maul. Ich lasse mich in das feuchte Gras fallen. Alles um mich herum dreht sich. Ich muss mich erbrechen.

Ich denke an Bianca, während mir die Kotze aus dem Mund läuft. Sie hat mich jetzt mehr als ein Jahr nicht mehr angerufen, diese kleine Nutte. Ich bin 17 und will meinen Spaß, niemand kann mir einen Fick verbieten. Das ist alles, was ich habe. Sie hatte mich dabei erwischt, wie ich meinen Schwanz in ihre ältere Schwester bohrte. Sie hätte mich besser nicht mit ihr alleine gelassen. Ihre Schwester hatte es genauso gewollt wie ich, und als wir das erste Mal alleine waren, weil Bianca zu ihrer Mutter in die Stadt musste, ist sie mir sofort an den Schwanz gegangen und hat meine Eier geleckt. Ich habe in ihrem Mund abgespritzt und sie hat alles geschluckt. Dabei hätten wir es belassen sollen.

Pretty Boy hat mal eine Vierzehnjährige gefickt, so ein richtig blondes Biest mit kurzen Röcken, und ist dann gleich noch mit ihrer Mutter in die Kiste und hat es sich dann von ihr besorgen lassen. Er wohnte eine Zeitlang bei ihr und hat beide gleichzeitig gefickt, die geile Tochter und die Mutter. Er hat ihren ständig besoffenen Ehemann aus der Wohnung geprügelt, der ist dann in das Don Bosco Haus gezogen. Nach drei Monaten war der Pretty Boy wieder zurück zu seinem Vater. Er sagte, er könne ihr ewiges Geschnatter nicht mehr hören. Er hatte der Mutter ein blaues Auge geschlagen und sie hatte ihn angezeigt. Jetzt wohnt sie wieder mit dem Säufer zusammen.

Nach ein paar Minuten geht es mir besser. Pretty Boy sagt, dass Nicoles Möse immer noch wie damals stinke und lacht. Er hält mir seine Finger unter die Nase. Ich merke, dass ich wütend werde. Ich spüre Hass, ganz tief unten in mir drin. Weiß nicht, woher er kommt, ich will einfach jemandem wehtun. Jemanden spüren lassen, dass ich da bin, dass ich nicht tot bin, sondern lebe und mich wehre. *Was kann ich sonst tun?* Einen Job am Fließband, den ich niemals richtig können werde. Ich sehe da keinen Ausweg. Ich höre alle davon reden, wie sehr sie das Leben lieben und wie schön alles ist. Ich sehe nur, dass sie sich alle selber lieben. Wer weiß von diesen Wichsern schon, was Liebe ist? Die, die sich vorführen lassen wie dressierte Hunde, die wissen, wie es ist, die Schnauze zu halten. Ich weiß nicht, wie es ist, jemanden festzuhalten und zu spüren, wie es ist, ihn zu lieben. Ich habe nie was gespürt. Nur einen Ständer habe ich bekommen.

Schließlich stehe ich auf und gehe auf die Suche. Das dauert nicht lange. Ein Pärchen geht Arm in Arm am Berg spazieren. Sie unterhalten sich leise im Dunkel. Es geht ganz schnell. Früher habe ich weiche Knie bekommen, Adrenalin, heute nicht mehr, ich bleibe teilnahmslos, fast routiniert. Ich trete ihm von hinten in die Beine, er verliert das Gleichgewicht und fällt auf den Boden. Dann trete ich sofort zu. Ich spüre an meinem Fuß, dass ich ihn direkt am Kopf erwische, ein dumpfes Geräusch. Seine Freundin kreischt laut und schreit um Hilfe, doch hier hört sie niemand. Die verdammte Nutte kriegt auch eine ins Gesicht, ihre Lippe platzt auf und Blut tropft auf ihr weißes Top. Sie ist ganz verdutzt, hat wohl noch nie eine in die Fresse bekommen. Der Typ will sich als der große Retter aufspielen, stürzt sich auf mich, presst mich zu Boden und trifft mich sogar am Kinn, aber ich lache nur. Soll er mich doch schlagen. Er brüllt: *»Du Schwein!«,* und hat fast Tränen in den Augen, seine Brille sitzt schief und ich spüre, wie seine Knie wackeln, wie bei mir früher. Ich greife mir seine Hand und beiße ihm in den Finger, bis ich sein Blut schmecke. Er schreit auf und springt von mir herunter. Er weiß gar nicht, wie ihm geschieht. Ich drehe mein Feuerzeug in der Faust um und schlage zu, das hinterlässt einen richtig blutigen Reißverschluss in seinem Gesicht. Seine Freundin geht auf mich los, als sie sieht, dass der große Held blutend am Boden liegt, und ich schlage ihr in den Magen. Meine Mutter sagte früher immer, schlage ein Mädchen niemals in den Magen. Deswegen tust du es trotzdem, um zu sehen, was passiert. Und ich schlage noch einmal zu, und die kleine Nutte weint ohne Tränen und ihr Gesicht wird rot. Dann bricht sie zusammen und bleibt stumm im Dreck liegen. Ich beuge mich über ihn. Ich sehe, dass er fertig ist, habe das zu oft gesehen. Noch einmal schlage ich zu, hart und mitten in sein Gesicht. Die dünne Haut über meinen Knöcheln platzt auf. Es gibt einen dumpfen Klang. Sein Kopf prallt gegen den noch feuchten Asphalt der Straße. Seine Augen verdrehen sich nach innen, er wird ohnmächtig. Dann drehe ich mich um und gehe zurück zu den anderen. Niemand fragt mich, was passiert ist. Der Pretty Boy grinst. Wir steigen ins Auto, er lässt den Motor an. Er dreht die Musik laut. Ich zünde mir eine Zigarette an und fühle mich leer.

Wir fahren durch die Stadt, drehen zwei, drei Runden. Dann halten wir an der Tankstelle, an der Pretty Boy arbeitet. Er hat was zu klären, sagt er. Charlie steigt aus und skatet. Er zieht die Blicke einiger Mädchen auf sich. Sie interessieren ihn nicht. Ich sehe, wie der Pretty Boy mit dem Besitzer der Tankstelle spricht, einem fetten, aufgeblähten Typen mit Glatze. Sie reden ruhig. Ich sehe, wie er dem Pretty Boy etwas in die Hand drückt. Wahrscheinlich Geld, aber das weiß ich nicht.

Charlie fährt eine Runde mit seinem Board, kommt wieder. Setzt sich in den Wagen.

»Da drüben sitzen ’n paar von diesen Gymnasiasten!« Ich weiß, Charlie ist heiß auf eine Schlägerei. Ich drehe mich zu den Typen um. Ich kenne sie vom Sehen. Gymnasiasten: Sie lachen uns aus auf dem Nachhauseweg, dafür schlagen wir sie zusammen. Aber ich winke ab. Charlie starrt sie an. Dann starten sie den Motor und sind weg. Pretty Boy kommt aus der Tankstelle. Ich höre, wie er die Türe öffnet. Er winkt mit einem Bündel Geldscheine.

»Wir fahren in die Blocks, um was zu besorgen!«

Eine Viertelstunde später stehen wir in den Wohnblocks und warten auf den blonden Russen. Er wird uns einen Beutel Gras bringen. Er kommt. Der Pretty Boy drückt ihm das Geld in die Hand, dann fahren wir. Vor Pretty Boys Haus rauchen wir den letzten Joint des Abends. Irgendwann gehen alle nach Hause, es ist Nacht. Ich liege in meinem Bett und rauche. Niemand ist da. Mein Alter ist auf Schicht. Meine Mutter ist ausgezogen, wohnt bei einem anderen Mann. Manchmal stelle ich mir vor, wie sie Liebe machen. Ich senke dann meinen Blick. Ich halte diesen Gedanken nicht aus, denn ich komme mir einfach zu beschämt vor. Nichts rührt sich mehr in mir. Manchmal denke ich, ich bin innerlich schon gestorben. Dann drücke ich mir eine Zigarette auf dem Handrücken aus, damit ich wieder zu mir komme.

Ich inhaliere tief den Rauch. Stehe auf, gehe an den Wohnzimmerschrank. Es riecht muffig in der Wohnung. Niemand macht so richtig sauber. Niemand hat Kraft, Luft, Lust. Ich trinke etwas von dem Schnaps, den Vater kauft. Billiger Fusel. Egal. Es brennt in meiner Kehle. Ich spüre dieses schöne Gefühl, das alles egal wird. Am nächsten Morgen komme ich zu spät. Diese neue Klasse ist tatsächlich voller Idioten. Gesichter, die ich noch nie gesehen habe, in all den Jahren. Der Tag geht um. Mühsam. Nachmittags lege ich mich auf mein Bett, rauche und schlafe ein. Dann gehe ich rüber zu Pretty Boy. Ich klingle, keiner macht auf. Noch mal klingeln. Nichts rührt sich. Pretty Boy müsste schon lange wieder da sein. Ich gehe wieder. Hole mein Rad und fahre runter zu der Tankstelle. Der dicke Mann hinter dem Tresen schüttelt den Kopf.

»Er hat gestern gekündigt. Hat gestern sein letztes Geld abgeholt«, sagt er und sieht mich mit glasigen Augen an. Ich nicke mit dem Kopf und gehe raus. Irgendwas ist passiert, das spüre ich. Ich fahre zu Charlie. Er ist stoned und fährt auf der Straße Skateboard. Wir setzen uns und rauchen einen Joint.

»Weißt du, wo der Pretty Boy ist?« Er schüttelt den Kopf. Ich versuche es abends noch mal beim Pretty Boy zu Hause. Keiner da.

Am nächsten Morgen weiß ich es, eine Nachbarin erzählt es mir, sie ist noch völlig aufgeregt. *Ihr Freund ... der Pretty Boy hat seinen Vater er-*

schlagen. Ein Streit. Laut, wir haben die Stimmen im untersten Stock noch gehört ... es war furchtbar! Es stellt sich später heraus: Der Pretty Boy hat so lange auf den Kopf seines Vaters eingeprügelt, bis man nichts mehr erkennen konnte. Eine einzige blutende Masse, Knochen, Haut, Sehnen. Wer wird sich an diesen Penner erinnern? Dann stellt sich heraus: Er hat am Pretty Boy herumgefummelt, als der noch ein Kind war. Wer wird sich an diesen Wichser erinnern? Der Pretty Boy hat seinen Vater erschlagen und sich dann selber der Polizei gestellt. Vielleicht musste das irgendwann so kommen. Ich verstehe es trotzdem nicht. Ich laufe durch die Stadt, alleine und bin fertig mit dieser beschissenen Welt. Irgendwann will ich weinen, doch es geht nicht. Als ob jemand alle Tränen aus mir herausgerissen hätte.

Dann ist alles anders. Ich gehe zur Schule, stehe in der Ecke, rauche, gehe selten hin. Schlage grundlos einen Klassenkameraden zusammen, er ist übel verletzt, eine Platzwunde am Kopf muss mit mehreren Stichen genäht werden. Ich rauche immer mehr Dope, will mich betäuben. Charlie sehe ich fast nie. Einmal sitzen wir noch zusammen vor seinem Wohnblock, ich sehe ihm beim Board fahren zu, wir rauchen. Er sagt: »Fuck, das mit dem Pretty Boy.« Und ich sage: »Ja.« Mehr bringe ich nicht raus. Ich weiß nicht, was mit ihm passiert. Manche sagen, er sei schon in einem Knast, irgendwo weiter im Süden des Landes, andere sagen, er sitze noch in Untersuchungshaft.

Ich weiß es nicht. Ich sehe nur, wie die Wohnung leer geräumt wird.

Dann verliere ich Charlie aus den Augen. Sein Vater sagt, dass er zu einer Maßnahme nach Hamburg geschickt wurde. Dort sollen sie ihm im Unterricht irgendetwas beibringen. Er soll für drei Monate bleiben. Ich nicke und gehe. Ich besorge mir eine Gaspistole und überfalle damit einen alten Mann, der direkt an der Unterführung wohnt. Er geht immer Freitagnachmittag einkaufen, und ich warte, bis er mit seinem alten, zerfledderten Einkaufskorb durch die Unterführung geht. Alles geht schnell: Ich trage eine Ski-Maske, schlage ihm kurz den Lauf ins Gesicht und reiße ihm das Portemonnaie aus dem Hosenbund. Verdutzt bricht er zusammen und stammelt noch irgendetwas, das ich nicht verstehe. Der alte Wichser trägt fast 300 Mark mit sich herum. Ich kaufe mir eine Stange Zigaretten, Dope und eine Flasche Whiskey, den Rest hebe ich auf.

Dann gehe ich meine Mutter besuchen. Ein öder Sonntag, sie lädt zum Essen. Es wird diesen fettarmen, gesundheitsbewussten Scheißdreck geben. Dieser andere Typ ist auch da. Mir will nicht auffallen, was meine Mutter an ihm findet. Er sieht aus wie einer dieser geleckten Menschen, die in Banken arbeiten. Glatt wie ein Aal. Und er redet wie ein Schwuler. Meine Mutter stört es, dass ich rauche. Sie ermahnt mich. Ich beginne, mich unwohl zu fühlen. Und dann nervt dieser Typ, spielt sich auf, als sei er mein Vater. Ich solle dies tun, das tun, weniger Drogen nehmen, meinem Leben einen Sinn geben. *Ausbildung, Arbeit, Geld verdienen*. Dann suche ich mir eine dümmliche Frau, die mich bekocht, bis ich rund und fett bin, und die mir dann noch den Arsch abwischt. Ich zeuge dann ein genauso dummes Kind, ziehe in ein Reihenhaus und warte auf den Tod. Das ist das, was alle von dir erwarten. Du darfst dich niemals wie ein König fühlen, immer nur wie der Bauer, der Dreck und Scheiße und Blut frisst und den König bedient. So ist das Leben: Wer im Schatten steht, wird niemals das Licht sehen. Außer, du sorgst selber dafür. Und dafür musst du selber zum König werden. Aber: Er belehrt mich weiter. Ich wäre nicht dumm, nur faul. Ich solle weniger mit diesen verkommenen Typen rumhängen. Ich halte das nicht lange aus und spucke ihm einfach in seine Visage. Er macht Riesenärger und regt sich auf, da hole ich die Knarre raus und halte sie ihm vor die Nase. Dann wird er plötzlich ganz ruhig. *»Du bist wie dein Vater!«,* kreischt meine Mutter. Ich hätte nicht übel Lust, ihm die Knarre mitten durch sein dämliches Gesicht zu ziehen, damit er sich für immer merken wird, dass er mich besser mal in Ruhe lassen soll. Aber ich tue es nicht. Ich knurre ihn an und dann gehe ich einfach.

Als ich die Geschichte abends meinem Vater erzähle, drückt er mir einen 50-Mark Schein in die Hand und lacht in sich hinein. »Kauf dir was zum rauchen«, sagt er und macht sich eine Flasche Bier auf.

Mittlerweile breche ich nachts Autos auf. Es ist einfach, wenn du weißt, welche du knacken kannst. Viktor, der Russe, hat es mir gezeigt. Zuerst machen wir den Job zusammen: nachts, zuerst in die Tiefgaragen, die nicht videoüberwacht sind, und nach alten Fabrikaten gucken. Radios, Klamotten, Geld, CDs – irgendetwas ist immer dabei, was sich verscherbeln lässt. Das geht ein paar Wochen gut, dann wird Viktor verhaftet, wegen Menschenhandels. Er ist an der belgischen Grenze erwischt worden, als er vier junge Typen aus Sri Lanka nach Deutschland bringen wollte. Ich sehe ihn nicht wieder. Ich mache alleine weiter, ziehe durch Wohngebiete, breche alleine Autos auf. Nebenbei versuche ich, regelmäßig in die Schule zu gehen. Noch immer habe ich nichts vom Pretty Boy gehört. Mittlerweile ist es mir auch egal, glaube ich. Und dann höre ich die Sache mit Charlie. Er ist tot. Er ist in Hamburg vor einen Zug gesprungen. Das erzählt man sich. Ich gehe zu seinen Eltern, niemand macht auf. Ich gehe nach Hause. Es ist Sonntag. Mein Vater liegt betrunken auf der Couch. Der Fernseher läuft ohne Ton. Seltsam ist das. Ich mache die Türe zum Balkon auf. Ich setze mich auf die Tischkante und rauche eine Zigarette. Ich rauche langsam. Charlie ist tot. Kümmert mich das? Rührt es mich? Kein bisschen. Sein Gesicht verschwindet bereits aus meinem Gedächtnis.

Warum ist mir das alles einen Scheiß wert? Weil es niemals etwas gab, was ich jemals geliebt habe.

Alles war egal. Und plötzlich weiß ich es. Ich bin ein König von Nichts. Ich habe nichts und bin trotzdem ein verdammter König.

Ich schnippe meine Zigarette vom Balkon. Acht Stockwerke sind es bis nach unten. Ich sehe, wie die Glut sich in kleine Funken auflöst. Ich warte ein paar Momente. Dann springe ich hinterher.

Pussy Reed

Dedicated to Wendy O. Williams

»I knew a girl named Nikki.
I guess you could say she was a sex fiend. I met her in a Hotel lobby,
masturbating with a magazine«

»Zeig uns deine verdammte Möse!«, schrie der rote Iro aus der sich, wie fickende Körper, bewegenden Masse.

»Fick dich!«, schrie Pussy Reed zurück und die erste Reihe der schwitzenden und Pogo tanzenden Meute bekam einige ihrer harten Tritte ab. Ein junges Mädchen, das sich aus Versehen auf dieses Konzert verirrt hatte, wurde von Pussy mit ihrem schweren Boot an der Schläfe getroffen und ging postwendend zu Boden, wo sie achtlos in das billige Linoleum getrampelt wurde. Pussy nahm die Gitarre, hob sie in einer wahren Rock 'n' Roll Geste über ihren Kopf, ließ sie dort wie die Rotorenblätter eines Helikopters kreisen und schmiss sie dann in die Menge.

»Fickt euch alle, ihr Untermenschen!«, dröhnte sie anschließend in das Mikrofon und fasste sich provokativ zwischen die Beine, um sich ihre steife Klitoris sanft zu massieren. Das schwarze Isolierband, das sie sich über ihre Nippel geklebt hatte, löste sich allmählich von ihren nackten Titten, aber das war ihr egal; *Pussy war in Ekstase.*

Sie trat den Mikrofonständer um und rotzte in die Menge, die sich ihrer

Spucke devot entgegenwarf und sie wie den lieblichsten Nektar aufnahm. Nun stellte sich Pussy breitbeinig vor das Publikum und kündigte den nächsten Hit an: »Das hier is' *Pig is a Pig,* ihr Motherfucker, und ich will jetzt gleich *Blut sehen!«* – und jeder, der Pussy Reed kannte, wusste, sie meinte das verdammt ernst, denn existenzieller Part einer Pussy Reed Show war Chaos, Zerstörung und die unverhohlene Missachtung jeglicher bürgerlicher Gesetzgebung.

Junge Männer, die ihre Mütter hassten und sich Rasierklingen in die Frisur steckten, junge Mädchen, die nach Urin und Bier rochen und Sicherheitsnadeln im Gesicht trugen, rammten sich zu ihrem Sound gegenseitig die Fäuste in die Leiber und brachen sich mit einem Lächeln auf den Lippen die Knochen. Sie hassten das Establishment, das Gesetz und die Schule, sie hassten Bildung, Literatur und den 8-Stunden Job.

Sie wollten ficken, high sein, sinnlos gewalttätig werden und dabei Pussy Reed in voller Lautstärke hören.

Pussy Reed war der *Inbegriff* anarchistischer Unterhaltung. Sie war nicht irgendwer – sie war eine verdammte *Legende.* Ich lernte sie nach einem *Lords of the New Church* Gig im CBGB's persönlich kennen.

New York: Tommy und ich waren eigentlich nur auf der Durchreise. Voll mit Bourbon und Koks wollten wir in einem schrottreifen, alten Nova SS die Küste entlangfahren, die ganzen unzähligen, deliriösen Meilen bis nach New Orleans (was wir schafften, in drei verschiedenen Autos). Es sollte ein Trip wie in Hunter S. Thompsons *Fear and Loathing in Las Vegas* werden. Tommy war Fotograf, hauptsächlich Fetisch, der Star der Szene, und verfügte somit über glänzende Kontakte im *Big Apple*. Hier war nämlich *jeder* Fotograf, und so schloss ich am selben Wochenende, an dem ich Pussy Reed kennenlernte, ebenso Bekanntschaft mit Richard Kern. Danach zog ich in Erwägung, die Schreiberei sein zu lassen und fortan dünne College Girls in hautengen Lederklamotten vor die Linse zu zerren und sie an sich selbst herumspielen zu lassen. *Na ja, es ist nichts weiter daraus geworden, wie ihr seht!* Vor dem Gig unterhielten wir uns Backstage kurz mit Stiv Bators und ich muss sagen, er war die coolste Sau, die ich in New York kennengelernt habe. Ich habe noch die Szenen im Kopf, wie er als amerikanischer Punkrocker in England die Engländer – *seine Fans also, er stand auf der Bühne* – bitter verhöhnte und verspottete und sie ihn mit Flaschen bewarfen und begannen, ihn anzuspucken. *Und was macht Stiv?* Er flippte nicht aus wie eine Diva oder trampelte beleidigt herum.

Er beugte sich herunter zu der tobenden Masse, riss seinen Mund in zwei riesige Hälften und forderte die Fans auf, ihm *direkt* ins Maul zu rotzen! *Dieser Mann hatte Attitüde.* Stiv war cool, doch die *Lords of the New Church* … vielleicht ging ich zu hart mit ihnen ins Gericht. Ich liebte den alten Sound der *Dead Boys,* und die *Lords* klangen im Vergleich dazu wie eine Knarre mit Ladehemmungen, und zwar Ladehemmungen genau in dem Moment, in dem du deinem Intimfeind die Rübe runterblasen willst. Nach der Hälfte der Show hingen wir also wieder Backstage rum und da war auch Pussy Reed. Das Erste, was mir an ihr auffiel: Sie war eine völlig andere Person, als auf der Bühne. Auf der Bühne war sie ganz das wilde und völlig unberechenbare Tier, doch als sie *in persona* vor mir stand, wirkte sie eher zart und zurückhaltend. Manche Menschen sind auf der Bühne exakt so wie *Backstage,* aber Pussy zählte eindeutig nicht dazu. Sie war tatsächlich nicht sonderlich groß, aber ihr Körper war dafür sehnig und trainiert.

Klar, jeden Abend Bühnenequipment im Wert von ein paar Tausend Dollar klein machen hält eben fit …

Wenn du dich mit ihr unterhalten hast, dann hast du schnell gemerkt, wie rasiermesserscharf ihr Verstand war.

Ihr entging nichts.

Ich wusste, sie *hasste,* dass wir vor Fett triefende Burger aßen und dass die Presse sie überall als total militante Vegetarierin verschrie, aber sie war uns gegenüber total cool und sagte kein Wort wegen dem toten Tier, das wir uns reinzogen. Und sie war eins: Sie war echt. Das merktest du in jeder Sekunde. Sie war einer der wenigen Personen, die sofort und absolut bereit waren, alles dem Rock 'n' Roll zu opfern. Pussy Reed hätte sich *niemals* verkauft und genau deshalb war sie eine Sensation: *Weil sie absolut authentisch war.*

Pussy hatte Mitte bis Ende der 70er Jahre in einer Reihe Hardcore-Pornos mitgespielt und verdiente damals ihren Lebensunterhalt mit Live-Sex Shows. Tatsachen, auf die man ihre Fans heute nicht unbedingt ansprechen sollte, denn sie sind dann oft total angepisst – als sei es ein Verbrechen, in einem Porno mitgespielt zu haben oder als würde das einen Künstler sofort diskreditieren und ein negatives Bild auf ihn werfen.

Cut that Bullshit! Es waren einfach unschuldige Pornos, die Kultstatus erreichten, wie *Candy goes to Hollywood,* in dem sie Tischtennisbälle aus ihrer Möse schießt.

Pussy trug auf der Bühne ziemlich oft lediglich auf ihre Titten und ihre Möse aufgesprühten Rasierschaum, was in den prüden USA natürlich für eine Kreuzigung im Stile von Jesus reichte, *und,* na klar brachte ihr das saftige Geld- und Haftstrafen ein. Das Beste war, dass sie auf diese Konsequenzen einfach schiss. All das war ihr egal, und das bedeutete ihren Fans mehr als alles andere. Ihr Sound war derb und dreckig gespielter Punkrock mit radikalen Texten, gut und brachial. Doch was eine Pussy Reed Show wirklich *ausmachte,* war die apokalyptische Zerstörungswut, die in diesem kleinen Körper steckte. Alles, was nicht niet- und nagelfest war, wurde von ihr zerschlagen und dem Erdboden gleichgemacht. Pussy zerstörte auf der Bühne Fernseher mit Baseballschlägern, zersägte das Bandequipment mit surrenden Kettensägen und sprengte am Schluss des Sets nagelneue weiß glänzende Cadillacs *in die Luft.*

Sie war, ohne Frage, die Ikone des On-Stage Gewaltpornos und damit war sie einzigartig.

Tommy machte Backstage ein paar Fotos von ihr, und sie sagte, wir würden auf der Gästeliste ihres nächsten Gigs stehen und verabschiedete sich. Das bedeutete, wir würden noch zwei Tage in New York rumhängen, bevor wir uns auf diesen Trip nach New Orleans machen konnten.

Das Motel, in dem wir hausten, war eine fürchterliche Absteige, schäbig ohne Tapete, mit Kakerlaken, die du sonst nur in schlechten Filmen zu sehen bekommst und Personal, das kein Englisch verstand. *Wir fühlten uns sofort sehr wohl.* Es lag direkt um die Ecke von der Absteige, in der Limonow lebte, als er seinen Klassiker *Fuck Off America!* schrieb, und man kann sagen, dass ich dieses kleine, versiffte Motel liebte. Es war schmutzig, staubig, verkommen und hatte den Charme, den es in sterilsauberen Hilton Hotels niemals geben wird. Außerdem gab es in der Kommode keine Bibel, sondern ein Hardcoremagazin aus den 80ern. Haarspray unten und oben *en mass*. One in the Pink, on in the Stink.

Also, was wir taten, um uns die Zeit zu vertreiben? Wir sahen uns das weltberühmte Guggenheim Museum an und flogen nach genau zehn Minuten wieder raus, weil Tommy irgendeiner Museumsangestellten seinen Schwanz zeigte. Kurzweiliger Zeitvertreib. Dann kauften wir uns Jack Daniels-Cokes in Dosen, tranken und lagen eine weitere Nacht im Delirium auf diesen muffigen Matratzen, hörten zu, wie die Nutten im Nebenzimmer mit ihren Freiern fickten, wie ein Lude auf dem Flur eines seiner faulen Pferdchen zusammenschlug, und wie draußen vor dem Fenster ein alter, ausgemergelter Junkie seine Runden drehte und immer mehr auf Affe kam, so lange, bis er seinen Schädel gegen die Außenwand des Lagerhauses gegenüber schlug.

Eine gute Alternative.

Und am Abend des nächsten Tages standen wir tatsächlich auf der Gasteliste und Pussy war in Höchstform.

Live-kleine, Club-Schwitzende-Kehle, ausgetrocknet-Bier-Bourbon laute, treibende, Sound-kleine Girls, die gerade alt genug sind, um sich in deinen harten Schwanz zu krallen und ihn dorthin zu stecken, wo keine Sonne hinkommt. Die Masse, die sich wie fickende Körper auf und ab bewegte, rotierte zu *Pig is a Pig,* wie ein menschlicher Kreisel. Fäuste tauchten aus dem Auge dieses menschlichen Orkans auf und wurden in die Höhe gereckt, um in verdutzte Gesichter geschlagen zu werden. Der Pogo wurde ein ums andere Mal blutig, als geschliffene und angespitzte Spikes mehrere Hautschichten durchbohrten und Male für die Ewigkeit hinterließen. Pussy heizte die Stimmung weiter an. Das schwarze Isolierband hatte sich nun endgültig von ihren Nippeln gelöst und ein Ledertanga und ihr aufgerichteter Mohog waren alles, was sie vom Zustand des völligen Nacktseins trennte.

Tipper Meadows konnte man nicht als ausgesprochenen Pussy Reed Fan bezeichnen. Sie war eher das Gegenteil. Sie war die Erste Vorsitzende der neu gegründeten PMRC, die sich für *saubere* Jugendkultur, insbesondere *saubere* Rockmusik, einsetzte.

Im Klartext hieß das, Rock 'n' Roll von seinen ursprünglichen Ingredienzien Sex, Gewalt und Drogen zu befreien, also genauso langweilig zu machen, wie den Rest der kapitalistischen Unterhaltungsmaschine. Tipper und die drei anderen Gründungsmitglieder der PMRC waren erzkonservative, fürsorgliche Eltern, die zuallererst ihre eigenen Kinder vor dem Wahnsinn der Rockmusik beschützen wollten – und *dann* in einem Anfall missionarischen Eifers beschlossen, dass Rock 'n' Roll an sich Teufelswerk sei und es eine gute Tat sei, gleich *alle* Kinder und Jugendlichen von diesen schlechten Einflüssen fernzuhalten. Wie es dazu kam? Tipper hörte im Radio diesen *Prince*-Song, in dem er über Mädchen singt, die in Hotellobbys warten und derweil mithilfe von Zeitungsmagazinen masturbieren. Und als gute Katholikin und Konservative war Tipper fürchterlich schockiert und entsetzt! Da sprengte doch dieser verdammte Neger nicht nur ihre eigene enge, bürgerliche Moralvorstellung, sondern manipulierte mit seinen obszönen Botschaften, die von Millionen minderjährigen Konsumenten aus dem Äther empfangen werden konnten, bereits die Hirne dieser unschuldigen, kleinen Scheißer. Und nachdem es *Klick* gemacht hatte, war Rock 'n' Roll für absolut jedes Übel der Jugend verantwortlich: Teenagerschwangerschaften, die steigende Anzahl der Vergewaltigungen und die erhöhte Selbstmordrate. *You name it!*

Das alles wäre halb so problematisch gewesen, wenn die PMRC nicht von einer mächtigen und weit reichenden konservativen Lobby unterstützt worden wäre. Die fetten Schweine mit den Schwabbelbäuchen und in ihren mausgrauen Anzügen und den Krawatten sorgten erst dafür, dass sie *echten* Einfluss bekamen. Man nannte sie sogar öffentlich die *Washington Wives,* da alle ihre Ehemänner hohe Ämter in der Regierung bekleideten. Die Strategie, die sie zum Schutze der unbedarften Jugend präsentierten, war einfach, dumm und faschistisch; alle Alben, die ihrer Expertenmeinung nach bedenkliche textliche und graphische Inhalte aufwiesen, sollten mit einem großen Sticker gekennzeichnet *(besser: gebrandmarkt)* werden, von dem in riesigen Lettern *Parental Advisory – Explicit Content* prangte. Damit sollten vor allem die Eltern vor den miesen Einflüssen der bösen Rockmusik gewarnt werden, die sich ihre Kids über Kopfhörer reinzogen – und dann raus gingen, um das nette Mädchen mit den Zöpfen von nebenan zuerst zu sodomieren und dann in einem satanischen Ritual zu verbrennen.

Der Sticker wurde schnell als der *Tipper-Sticker* berüchtigt.

Pussy Reed war ihre *erklärte* Lieblingsfeindin.

Es lag vor allem daran, dass Pussy eine Frau und kein Mann war, eine Tatsache, die im Rock 'n' Roll selten genug ist. Pussy hätte in Tippers Augen lieber die Gitarre an die Wand und den Kochlöffel in die Hand nehmen sollen.

Natürlich tat sie das nicht.

Pussy sprühte sich Rasierschaum auf ihre Muschi und klebte sich ihre Nippel mit schwarzem Isolierband ab, ging auf die Bühne und sang Songs wie *Butcher Baby* oder *Monkey Suit*.

Das, was Tipper Angst machte, war das *Konzept* hinter Pussy Reed. Die ganze Zerstörung, das zu Schrott fahren der Polizeikisten auf der Bühne, das Zersägen des Equipments, das in die Luft sprengen der Instrumente ... *all das war nicht nur reine Show*. Es war ein Angriff auf die Konsumwelt, auf die Statussymbole des kapitalistischen Systems und ihre *Verletzlichkeit*. Es zeigte den Kids, dass du die herrschenden Verhältnisse verändern konntest, denn dem Besitz war mit brachialer Gewalt beizukommen. Und die Kids verstanden diese Botschaft: Du bist nicht cool, nur weil du etwas besitzt. Sie waren nicht dumm. Pussy stand auf dieser Bühne und sang über Typen in Anzügen, und die Kids wussten: *So, wie die Typen im Song, will ich nie werden!*

Und nun stand Tipper Meadows in der letzten Reihe dieser wilden Menge und musste sich beim Anblick des Rasierschaums auf Pussys Körper, der sich mittlerweile mit Schweiß vermischt hatte und an ihrem nackten, drahtigen Körper herunterlief, fast erbrechen. *Unerhört!* Tipper verstand nicht, wieso Menschen sich zu so etwas hinreißen lassen konnten. Nacktsein war für sie der Gipfel der Intimität, etwas, das nur ihr Ehemann im Schlafzimmer bei verschlossener Türe und ausgeschalteter Nachttischlampe zu sehen bekam. Pornografie und Rockmusik waren für sie der Ursprung der Verrohung. Wie konnten diese Männer und Frauen, die über Sex so sangen, als sei es nichts als eine schmutzige Triebbefriedigung, als sei der Mensch nicht mehr als ein instinktives Tier – wie konnten sie es mit sich selbst *vereinbaren?* Millionen unaufgeklärter und unschuldiger Jugendliche hörten diese Musik im Radio und sahen im TV diese Videoclips, verstanden die Texte und Bilder als Aufforderung für ihr eigenes Leben und wurden zu skrupellosen Triebtätern und drogensüchtigen Wracks, die nur ihre eigene hedonistische Satisfaktion im Sinne hatten.

Wo war die Nächstenliebe, das Grundvertrauen in Gott? Wo blieb die Vorbildfunktion dieser sogenannten Stars? *Es gab einfach keine.* Diese Tatsache erschütterte Tipper zutiefst. Vor allen anderen Dingen war sie gottesfürchtig, und so betrachtete sie ihre Kampagne als christlichen Akt, den sie mit reinem Gewissen durchführte. Dieses massiv zur Schau gestellte nackte Fleisch, die rohe Gewalt, die angepriesen wurde, die Attitüde, dass Zerstörung etwas Gutes sei – das sah Tipper Meadows mit dem Herzen einer erfüllten Mutter.

Und was sie sah, machte ihr Angst. In dem gepflegten Villenviertel, in dem sie mit ihrer Familie lebte, gab es solche Auswüchse nicht. Und je mehr sie nachforschte, desto überzeugter wurde sie: Rockmusik war satanisch und böse, und sie würde es nicht zulassen, dass eine ganze Generation unschuldiger, amerikanischer, gottesfürchtiger Kinder im Fegefeuer landete.

Ich lachte über den *Tipper-Sticker. Was sollte man auch anderes tun?* Es war eine Nazi-Methode im Amerika der 80er Jahre. Es war wie die Bücherverbrennung. Wie eine neue entartete Kunst. Doch die Konsequenzen froren mir das Lachen schneller ein, als du einen Furz lassen kannst. Anerkannte Psychologen bescheinigten den führenden Heavy Metal Bands, dass die vorherrschende Prämisse ihrer Musik nichts weiter als Hass sei und sie ihre Fans sektengleich um sich scharen und sie manipulieren würden.

Mit dem *Sticker* auf deiner Scheibe warst du als Künstler kommerziell erledigt. Die großen Warenhausketten weigerten sich, dein verruchtes Album in die Regale zu stellen. Die bekannten Radiostationen sagten *Nein!* zu deinen Singles. Deine eigene Plattenfirma sagte *Nein!* zu bestimmten Songs – wegen des Inhalts oder einem Cover, das das Aufsehen der *Washington Wives* erregen könnte.

Es war Zensur, und es war eine ganz besondere Art Zensur: repressiv, subtil und hinterlistig. Der Sticker nahm dir als Künstler *jegliche* Integrität: Niemand fragte, worum es bei dem Song *Fuck like a Beast* von WASP eigentlich ging, aber der Song war plötzlich in aller Munde und alle fanden es extrem und bedenklich.

Und schon war Blackie Lawless im Arsch.

Tipper war *angewidert.*

Die Musik war schrill und laut, und Pussys Gesang war vielmehr ein Rülpsen und Husten mit einer Stimme, die eher nach einem alten Mann mit schmutzigen Gedanken als nach einer Frau im besten Alter klang.

Darüber hinaus war sie nichts weiter als eine talentlose, sexuell überhitzte Schlampe mit einem ganz ansehnlichen Körper. Tipper widersprach den Gerüchten energisch, dass Pussy Reeds Verhalten und ihr ganzes Gebaren etwas mit sexueller Selbstbestimmung zu tun hatten, geschweige denn der Befreiung und Emanzipation der Frau diene. Das war alles nur billige Show. *Diese Person hatte nichts als unsauber gespielte Musik und Pornografie zu bieten und sie und ihre Zeitgenossen waren verantwortlich für den sittlichen Verfall einer ganzen Dekade.* Tipper befand sich hier in der Brutstätte des Teufels. Alle Anwesenden, sie persönlich ausgeschlossen, mussten die erkorenen Jünger Satans sein, anders konnte sie sich nicht erklären, wie man es hier drin überhaupt aushielt. Ein junger Mann sprang an ihr vorbei in die Menge, trat und hieb auf einen anderen, gleichaltrigen, jungen Mann ein, und Tipper dachte daran, wie friedlich diese beiden Männer sich beim Abendgebet geben könnten, mit einer ordentlichen Kurzhaarfrisur, einem weißen Hemd und einem gewaschenen und rasierten Gesicht. Ihr Gedanke wurde jäh in Fetzen gerissen, als Pussy Reeds Stimme über die Verstärker erklang.

»Und jetzt ... jetzt will ich euch alle nackt pogen sehen!«

Die wie Tiere schwitzende Menge schrie gellend auf. Momente nach ihrer Aufforderung flogen die ersten T-Shirts in die Luft und die ersten nackten Oberkörper wurden sichtbar. Schweiß tropfte aus unrasierten Achselhöhlen, Brüste wurden gequetscht, Nippel wurden aufgerichtet. Tipper verschloss vor diesem frevelhaften Schauspiel die Augen und schüttelte den Kopf. Nein. Diese jungen Menschen besaßen weder Anstand noch Moral. *Es waren Ausgeburten der Hölle.*

Es war laut. Es war gut. Und man wusste, man wird Teil der Zeitgeschichte und das nur, weil du als zahlender Gast bei diesem Gig in den ersten Reihen standest.

Mittendrin diese Frau mit schwarzem Rock in italienischer Länge und weißer Bluse.

Mit diesem aristokratisch anmutenden Gesicht.

Ich dachte mir: *Was tut sie hier?*

Und dann ging es richtig los.

»Ich will mit euch allen ficken!«

Sie war jung, vielleicht siebzehn, achtzehn Jahre alt. Und, *natürlich,* alle kreischen, denn sie war fast nackt.

Alle Männer bekamen sofort harte Erektionen, denn sie sah zudem gut aus: *schlank, lange, dunkle Haare und eine feste Handvoll Titten*. Ich hatte das Gefühl, ihr irgendwo schon einmal begegnet zu sein. Keine Ahnung wo.

Sie zog ihren Slip aus und trat ihn in die Menge. Alle Lesben begannen, sich aufs Mösenauslecken zu freuen, als sie im Angesicht dieses frisch rasierten Dreiecks standen. Da stand sie also, diese junge Heldin des Undergrounds, stieg durch die Absperrung auf die Bühne und schrie immer wieder: *»Ich will mit euch allen ficken!«* Was für ein *grandioser* Auftritt. Sie nahm das Mikrofon und schrie in voller Lautstärke: *»Ich will mit euch allen ficken!«* Und dann: *»Ich will euch allen einen blasen!«*

Sie rang mir ein echtes Lächeln ab.

Pussy Reed applaudierte auf der Bühne.

Und dann ein schriller Schrei.

»Beeeeeeckiiiiii!«

Es war die Person in Rock und Bluse.

Sie stand kreischend in der Mitte dieses rasenden Pulks und schrie immer wieder diesen Namen.

»Beeeeeckiiii ...«

Ohrenbetäubend.

»Beeeeckiiii ...«

»Zeig uns deine Möse, Baby...«, schrie der rote Iro wieder, und Beckis primäre Geschlechtsorgane schnellten nach vorne in die Gesichter der ersten Reihe.

»Bedecke deine Scham!«, gellte die Frau in Rock und Bluse.

Sie rannte durch die Menge und fuhr Ellenbogen aus, um sich ihren Weg durch die stinkende und tanzende Menschenmasse zu bahnen.

»Bedecke deine Scham vor den Blicken dieser SÜNDER!«

Ihr Zeigefinger machte einmal die Runde.

»Mum? Mum, das ist doch nicht dein Ernst! WAS ZUR HÖLLE MACHST DU HIER?«

Tipper Meadows stand sprachlos vor ihrer noch minderjährigen Tochter.

Natürlich hatte sie damit *nicht* gerechnet.

»Was *ich* hier mache? Was ich hier mache, fragst du mich, du *kleine*

Schlampe? DAS SOLLTE ICH WOHL EHER DICH FRAGEN!!! SIEH DICH AN, DU HURE DES TEUFELS!«

Und dann riss sie ihre Tochter an den Haaren von der Bühne herunter.

Tipper wollte sich von Pussy Reeds schlechter Energie persönlich überzeugen. Das war der einzige Grund, warum sie überhaupt hier war. Und sie hatte sich dazu regelrecht *zwingen* müssen. Rebecca sollte eigentlich bei einer Freundin auf Long Island sein. Sie wollten gemeinsam für eine Theateraufführung ihrer Schule proben. Ein klassisches Stück.

Und nun … dieses Aufeinandertreffen war nicht anders zu beschreiben: *Es war ein Desaster*.

»KOMM SOFORT VON DIESER BÜHNE UND ZIEH' DIR ETWAS AN!«

»MUM! DU TUST MIR WEH! ICH WILL HIERBLEIBEN!«

»HIERBLEIBEN? BIST DU VÖLLIG VON SINNEN? HIER BEI DIESEN PSYCHOPATHEN? SIEH DIR DEINE NEUEN FREUNDE BESSER MAL GENAU AN! ALLES IRRE!«

»MUM! LASS MICH IN RUHE! HÖRST DU? ICH BIN NICHT SO WIE DU! ICH WILL LEBEN!«

»LEBEN? DAS HIER NENNST DU LEBEN? DU SCHMEISST DEIN LEBEN WEG! DROGEN, SEX UND DIESE GRAUSAME MUSIK HABEN DICH SCHON GANZ VERDORBEN!!! SIEH DICH AN!«

»ICH BIN NACKT! NA UND? ICH TANZE ZU PUSSY REED! NA UND?«

»DU MACHST DICH ZUM SKLAVEN DIESER FRAU? DIESER NUTTE UND IHRER MUSIK?«

»ICH MACHE MICH NICHT ZUM SKLAVEN!!! MUM! PUSSY REED HAT MICH AUS MEINER LETHARGIE UND MEINER PASSIVEN GESCHLECHTERROLLE BEFREIT!«

»WAAAAS? WAGE JA NICHT, SO ETWAS ZU BEHAUPTEN! DIESE

PERSON HAT DICH BLOSS VERDORBEN UND ZU EINER PROSTITUIERTEN IHRER ZWECKE GEMACHT!«

»OH NEIN! SIE HAT MIR GEZEIGT, WIE ICH FREI UND UNGEZWUNGEN MIT MEINEM KÖRPER UMGEHEN KANN UND DASS ICH ENTSCHEIDEN KANN, WAS ICH DAMIT TUE! WANN ICH WILL UND WO ICH WILL!«

»DU KOMMST SOFORT MIT! SOFORT, BECKY!!!«

»NIEMALS!«

»Hey! Warum lassen sie nicht ihr Kind selber entscheiden, was sie will und was nicht?«, mischte sich Pussy ein.

»AHA! DA MELDET SICH DIESE NUTTE AUCH NOCH SELBST ZU WORT! DAS IST MEIN KIND UND SIE WIRD MITKOMMEN!«

»Es gibt keinen Grund zu schreien …«

»NA! LAUTER ALS IHRE DEKADENTE HURENMUSIK KANN ES JA NICHT WERDEN, ODER?«

»Ich denke …«

»*SIE DENKEN*? DAS KANN ICH MIR KAUM VORSTELLEN! SIE HÄTTEN LIEBER MAL NACHGEDACHT, *BEVOR* SIE TAUSENDEN VON ARMEN KINDERN IHRE UNSCHULDIGEN HIRNE MIT IHREN ABSTRUSEN THEORIEN VERSEUCHT HABEN!!! SIE NUTTE!«

Pussy sah erstaunt in die Menge.

»Alles, was ich höre, sind Beleidigungen …«

»WEIL ICH ES SATT BIN! ICH BIN ES LEID! SO JEMAND WIE SIE DÜRFTE NIE DIE BERECHTIGUNG BESITZEN, AUF EINE ÖFFENTLICHE BÜHNE ZU TRETEN!«

Eine schallende Ohrfeige tat das Notwendige und verschloss Tippers Mund.

»Rebecca …«

Tipper stammelte und stolperte.

»Mum, verpiss dich endlich und lass mich in Ruhe … du hast hier nichts zu suchen. Das ist mein Leben und ich werde tun, was immer ich will …«

»Rebecca, du hast gerade deine eigene Mutter geschlagen … *ist dir das klar?«*

»Sehr klar, Mum. Ich habe dir eine verpasst, damit du endlich Ruhe gibst …«

»Das werde ich Dad erzählen …«

»*Das* kannst du gerne tun, vor diesem alten Spießerarschloch habe ich keine Angst mehr …«

»Wie redest du über deinen Vater? Er ist dein *Vater!«*

»Wen interessiert das? Er ist allerhöchstens mein biologischer Erzeuger. Trotzdem ist er ein verdammter Spießer und Wichser, der mir nie zugehört hat … und deswegen kann er mich *am Arsch lecken* …«

»Rebecaaaaaa …!«

Doch in diesem Moment dröhnte die Band los und walzte jeden Laut, den Tipper von sich gab, unter einer Wand aus Distortion platt. Pussy Reed zog Rebecca auf die Bühne.

Die Menge erwachte zu neuem Leben und mitten in dieser Hölle aus menschlichen Körpern, die nach Buttersäure und Blut rochen und ihre hart gesottenen Tanzbeine gegeneinanderprallen ließen, stand Tipper Meadows ganz alleine und frustriert.

Sie konnte nicht glauben, was soeben passiert war.

Ihre eigene Tochter hatte sie geschlagen!

Ihre Tochter, mit der sie abends vor dem zu Bett gehen immer gemeinsam gebetet hatte, mit der sie in die Kirche gegangen war und mit der sie Geld für die bedürftigen Darmkrebspatientinnen in der Nachbarschaft gesammelt hatte.

Was war da passiert?

Tippers Augen füllten sich mit Tränen.

Sie wusste, sie hatte ihre Tochter verloren.

Der derbe Sound von Pussy Reed fuhr Tipper wie Stecknadeln in die Gehörgänge. Trommelfelle wurden unter großen Schmerzen gedehnt. Sie hielt sich schützend die Hände vor die Ohren und versuchte, sich unter dem diabolischen Schall hinwegzuducken, doch Pussy Reed bretterte einfach über sie hinweg. Tipper schmeckte das Salz ihrer eigenen Tränen.

Und dann drehte sie durch.

Tipper Meadows hatte viel in ihrem Leben erreicht.

Gott alleine gab ihr die Kraft dazu.

Sie kniete auf dieser schmutzigen, mit Zigarettenkippen übersäten Bühne nieder und betete.

Tipper schloss ihre Augen und begann das *Vater Unser* zu beten, in langsamen, ruhigen Versen.

Sie spürte, wie die göttliche Kraft in sie fuhr und sie wieder erstarken ließ.

Selektive Mechanismen in ihrem Hörzentrum ließen Pussy Reeds miese Musik auf ein Minimum an Lautstärke hinabschmelzen.

Und dann spürte sie den Willen des Allmächtigen.

Wut.

Sie bebte vor Wut.

Lediglich ein einziger Gedanke beherrschte nun ihr frommes Denken:

Pussy Reed muss eliminiert werden.

Pussy Reed beugte sich über die Monitorboxen und rotzte dem roten Iro mitten in sein Gesicht.

»Du willst meine Möse sehen, du Wurm?«

»Ich würde meine Mutter dafur erschlagen, Pussy!«

»Bring mir ihren eingeschlagenen Kopf und dann überlege ich es mir noch mal …«

Dann trat sie ihm mit ihrem schweren Boot vor die Schläfe und verursachte so süße Träume.

Pussy reckte ihre Faust in die Höhe und Tipper Meadows Tochter tat es ihr gleich.

Rebecca fühlte sich so gut, wie noch nie zuvor in ihrem Leben.

Sie hatte ihre Mutter geschlagen, und dieser gewalttätige Akt symbolisierte die letzte Stufe des so notwendigen Abnabelungsprozesses.

Endlich war sie frei.

Frei!

Endlich musste sie nicht mehr dieser süßlich affektierten Stimme ihrer Mutter beim Tischgebet zuhören.

Wie sie christliche Psalme in ihr Steak sabberte und die restliche Familie dabei debil angrinste.

Würde sie ihn nicht so hassen, dann hätte Rebecca den Kopf in den Nacken geworfen und Gott dem Allmächtigen gedankt.

So sprang sie nur in den Pit und schwang kräftig das Tanzbein.

Pussy Reed war jetzt so weit.

Ihr Gehirn war vollends auf *Zerstörung* programmiert.

Das Erste, das ihrer grenzenlosen Wut in den Weg kam, war der brandneue Fender Twin Reverb ihres Gitarristen Brad.

Pussy trat die Lautsprecher ein, stemmte den Verstärker vom Boden und schmiss ihn achtlos in die Menge.

Alles tobte.

Es gab einen Kurzschluss und die Box begann zu qualmen und langsam abzufackeln.

Jeder wusste, es war nur eine Frage der Zeit, bis Fernseher und nagelneue weiße Cadillacs demoliert und zerstört werden würden.

Und alle freuten sich auf diese Phase der totalen Destruktion.

Pussy bückte sich, um den bereit gelegten Vorschlaghammer aufzuheben, mit dem sie den nagelneuen Sony-Fernseher dem Grund und Boden gleichmachen wollte – da spürte sie diesen brennenden Schmerz in ihrem Nacken.

Spontan dachte sie an einen Insektenbiss.

Doch dann bemerkte sie die zähe Flüssigkeit, die ihren Rücken verklebte.

Ihr eigenes Blut.

Es war kein verdammtes Insekt, was an ihrem Rücken hing und ihr, wie ein durstiger Vampir, das Gebiss in den Hals rammte.

Es war Tipper Meadows, die ihre göttliche Mission bedingungslos erfüllen wollte.

Und Tipper entwickelte wahrhaftig übermenschliche Kräfte.

Sie verbiss sich in Pussys Nacken und schlug ihr die Faust in ihr geschminktes Nuttengesicht.

Pussy Reed war nicht geschockt.

In keiner Weise.

Prügelnde und die Körperpflege vernachlässigende Liebhaber hatten ihr in ihrem bisherigen Leben schon öfters die Fresse poliert.

Demnach war sie Schmerzen gewohnt.

Und sie reagierte wie gewöhnlich.

Sie schlug zurück.

Und sie schlug hart und präzise.

Tipper ging schon nach dem ersten Schlag zu Boden. Doch Pussy entschloss sich, es lang und dreckig werden zu lassen. Ihre Faust krachte gegen Tippers Schläfe. Tipper stöhnte auf. Schmerz durchflutete sie. Doch sie hatte keine Zeit, zu regenerieren: Pussy brach ihr das Nasenbein mit einem wuchtigen und gut platzierten Kniestoß.

Blut spratzte auf den staubigen Bühnenboden.

Tipper sah sehr mitgenommen aus.

Ihr feines aristokratisch anmutendes Gesicht wirkte durch Pussys Schläge recht demoliert.

Aus der *Washington Wive,* die den Kampf für die Moral mit allen Mitteln führte, war eine zusammengeschlagene Hausfrau geworden.

Pussy schnaubte verächtlich und spuckte vor Tipper aus.

»Verdammte Fotze ...«

Tipper war besiegt und gedemütigt.

Sie war nicht mehr, als ein Haufen Elend, das in ihrem eigenen Blut kniete.

Sie verdiente keine einzige Sekunde weiterer Aufmerksamkeit.

Pussy drehte sich zu ihrem Mikrofonständer um und kündigte den nächsten Song an.

»Okay ... der nächste Song passt zu unserer etwas ... bizarren Situation ... er ist von unserer neuen EP. *Fuck them all!* Das hier ist ... und dann vernahm sie das tiefe gurgelnde Surren.

Mechanisch.

Alarmierend gefährlich.

Und sie kannte dieses Geräusch.

Sie kannte dieses Geräusch sehr gut.

Es war das Geräusch der Kettensäge, mit der sie jeden Abend Instrumente und Equipment zerstörte.

Rebecca Meadows hielt die mächtige Säge in ihren kleinen Händen und grinste das Ted Bundy Grinsen.

Dann ging es sehr schnell.

Rebecca ging breitbeinig auf ihre Mutter zu.

Tipper Meadows hob in einer theatralischen Geste ein letztes Mal den Kopf und sah ihre Tochter mit großen, braunen Rehaugen an, bevor er ihr unter dem kakophonischen Jubel der Masse abgesägt wurde.

Die STIHL-Kettensäge bürgte für lebenslange Qualität und hatte Pussy noch nie im Stich gelassen.

So hatte auch Rebecca heute leichtes Spiel.

Die Motoren heulten kurz auf, als die Sägeblätter den Knorpel des Halswirbels durchtrennten, dann fiel Tippers Schädel mit einem schmatzenden Geräusch in den Schmutz.

Rebeccas Gesicht war mit Blutsprenkeln, die wie rote Sommersprossen aussahen, übersät.

Sie sagte: »*Ich bin glücklich! Ich bin frei!*«

Und die Menge grölte: »*Du bist frei!*«

Pussy schrie: »*Wir sind frei!*«

Tommy schlief ständig am Steuer ein. Kurz hinter New York übernahm ich.

Ich war durchgeknallt, aber nicht lebensmüde.

»Was für eine Nacht, Mann … «

Tommy murmelte nur: *»Bitches…«*

Dann war er auch schon wieder eingeschlafen.

Und wieder fühlte ich mich, wie in *Fear and Loathing in Las Vegas*.

Bis nach New Orleans waren es mehr Meilen als ich Finger hatte.

Sehr viele.
Ich drückte das Ministry Tape in das Cassettendeck.
Los ging der Trip.
Meine Fresse, was für eine Nacht!
Und Tommy murmelte im Schlaf: *»Bitches!«*

Truth is a Virus!

Oh, es ist ganz einfach! *Du* magst die schönen Dinge dieses Lebens. Vielleicht die Mona Lisa. *Kultur*. Weißwein. Kluges Gerede. Zu sehen, wie dein Kind erwachsen wird. Dieses ganze Ding. Ich nicht.

Ich hasse dich, ohne dich zu kennen. Mich widert deine Welt an. Dir ist das egal. Aber es ist trotzdem ganz einfach. Ich will einen von diesen makellosen *Calvin Klein* Models, einer von den Typen mit Waschbrettbauch, die sich in *Armani*-Werbespots an der Riviera aalen – ich will ein paar von diesen Typen in einem nach Ammoniak und Schweiß stinkenden, baufälligen Keller und ihnen so lange in die Nieren schlagen, bis sie Blut und Fett pissen. Ich will nicht wissen, woher sie kommen. Nicht ihre Namen. Ich will nicht wissen, ob ihre Väter sie gefickt oder ob ihre Mütter sie mit Liebe überschüttet haben. Nichts über ihren Bruder, ihre Schwester. Es ist mir egal. Ich will sie nur auf den nassen, faulen Beton gepresst sehen, in ihrem eigenen Blut. Es ist ganz einfach. Sie sind unschuldig. Du bist unschuldig. Und ich bin es nicht. In meinen Gedanken habe ich sie bereits zerfetzt. Ihre Körper sind nur kleine Tropfen aus Fleisch, die wie Nieselregen auf mich niedergehen.

Die dunklen Kammern in meinem Hirn sind todsicher.

Der Unterschied zwischen uns ist: Du sagst artig *Danke* und *Bitte* und *Guten Tag!* Ich breche dir dafür die Finger und ficke deine Tochter in den Arsch. Du bezahlst dein Haus auf Raten, ich brenne es an nur einem Tag nieder. Du lässt dir die Beichte abnehmen. Ich nehme dir den Stolz. Und *dann* ficke ich den Pfarrer mit einem gusseisernen Kreuz, das ich wie ein trojanisches Pferd in seinen Balch ramme, bis er nach Jesus und Maria schreit.

Ich bin auf der anderen Seite.
Von hier winkt dir niemand zu.
Das garantiere ich dir.

Hey Baby! Das Rock 'n' Roll Land ist eine Einöde geworden! *Was erwartest du?* Die Rock 'n' Roll Leute kennen nun schon die Vornamen von den Typen, von denen sie immer behaupteten, dass sie niemals so werden würden. *Gefahr!* Doch – HALT! Wir sind die Infizierten, die Verseuchten, die Verfluchten. Wir lobpreisen unsere eigene Stärke und brennen immer noch Städte nieder.

Warum? *Wut, Baby, Wut!* Wut auf diese Maschine. Yeah, Baby – die Maschine, erinnere dich. Die Maschine, die wir immer zerstören wollten, bevor sie uns zerstört. Und die Maschine spuckt sie immer noch fix und fertig aus: Ich sehe sie in ihren Blechsärgen, jeden Abend, Baby, wie zerquetschte Würmer pressen sie sich in diese Körper und auf den Asphalt, und – *Yeah!* – sie haben ihren Fertigfraß heruntergeschlungen, ihr Kind geprügelt und ihre herzallerliebste Ehefrau erniedrigt und sitzen dann rechtzeitig zu *CSI* vor der Kiste. Verstand, Baby! Das mit der Intelligenz! *Fuck you!* Ich will ein Maschinengewehr und eine Schule, und dann will ich auch durch die heiligen Hallen wandern, und: BAMM BAMM BAMM BAMM!!!

Wäre ich so ein verdrehtes Kid aus einem dieser Vororte – *klar, let's go, Baby!*

Granaten – Splitterbomben – selbst gemacht! Und rein damit in diese Fleischhaufen. Jahrelang haben sie dich gefickt und gedacht, du bist irgendein Irrer – und jetzt ejakulierst du mit Projektilen aus Stahl, die sich in ihre dummen Fressen bohren. Dann sehen sie dich noch verdutzt an, bevor sie zersiebt und durchlöchert niedergehen und in ihrem eigenen Blut ersaufen! *Blut, Baby!* Unsere Stunde wird kommen. Ein Hoch an all die *Columbines* dieser Welt! Hey, Baby, wo waren all die *Jocks* in ihren coolen Collegejacken, die Supersportler, die immer alle coolen Bubblegum kauenden Mädchen auf den Parties gefickt haben und dich wie den letzten Dreck behandelt haben? *Wo sind sie gewesen?*

Wo waren sie? Sie waren plötzlich deine besten Freunde! Als du ihnen den Lauf deines Schrotgewehres in ihre verdammte Fresse gerammt hattest und sie an dem kalten Metall hast lutschten lassen, als sei es ein beschissener Schwanz – *Mann!* – da waren sie deine alleralleralllerbesten Freunde!

Unglaublich! Sie waren deine Brüder! Deine Blutsverwandte! Wow! Und trotzdem.

BAMM BAMM BAMM! Hirn spritzte. Hirn, das so viel Wissen in sich aufgesaugt hatte. Algebra. Fremdsprachen. In der Hölle kannst du ihnen dreckig ins Gesicht lachen, bis in alle Ewigkeit. Doch, sie haben auch noch etwas anderes gelernt, in diesen heiligen Hallen:

Wie man jemanden unterdrückt, ihn *fertig macht.*

Jahre vergehen. Hey, und du warst immer wieder das Opfer und alle anderen wurden unsichtbar. Wie fühlt sich das an? Immer in die Fresse zu kriegen. Die blonden Girls mit den straffen Körpern, die dich ansehen, als seiest du nur Dreck. Und du willst einfach mit ihnen reden. *Nur reden.* Und dann vielleicht Zärtlichkeit. Wenn sie dich sehen, in deinem schwarzen Ledermantel, denken sie, du wärst ein Satanist und fickst kleine Katzenbabys. Doch – du willst nur ein wenig Zärtlichkeit, eine Umarmung. Und du kannst nicht verstehen, wie sich diese Girls von diesen aufgepumpten Bulldozern in ihren High Tech Pick Up Trucks befingern lassen. Und mehr. Du könntest ihnen mehr bieten. Eine ganze Welt. Doch dann werden sie wieder alle klein. Die Welt wird klein. Hier gibt es nur dich und den Rest. Und der Rest will dich nicht. Sie haben dich ausgesucht. Du bist ihr kleines Arschloch. Das Opfer.

Du hast nur auf den Moment gewartet. Und nun? Nun siehst du, dass der letzte Ausdruck in ihren Augen Angst und Erstaunen ist. Bevor du ihren Schädel mit einer Ladung Schrot zur Unkenntlichkeit zerbläst, sehen sie dich mit großen Augen voller *Erstaunen* an.

Und dann entdecken sie, dass du ein kleiner Wichser warst. Naja, du hast dir nicht einfach einen auf das neue *Hustler* runtergeholt. Du bist auf die Speicher fremder Häuser und hast die Balken der Dächer als Galgen benutzt. Die Wäscheleine deiner Mutter um den Hals und dann hast du dich an *Zoo-Love* gütlich getan. Dir sind die weißen Perlen aus dem Schwanz geschossen, als du die Fotos von dieser riesigen dänischen Dogge gesehen hast, die diese kleine zerbrechliche Blondine bestiegen hat.

Mit diesem RIESENSCHWANZ! *Unfassbar.* Und du hast dir deinen Schwanz an der fremd riechenden Wäsche abgeputzt. Da haben sie dein Intimstes nach außen gekehrt. Und du hast an etwas sehr Seltsames gedacht. Du dachtest an dieses Feriencamp. Teenager. Daran, wie du dir nachts im Zelt, als alle anderen nackt schwimmen waren, mit dem Zeigefinger im Arsch gepult hast, um herauszufinden, wie es sich anfühlt. Als dieser schwere Ring, von deiner Großmutter geerbt, mit diesem großen, roten, billig glänzenden Stein dir die letzten drei Zentimeter deines Darms aufgerissen hat. Weil du dir den Zeigefinger einfach zu weit reingeschoben hast. Weil du ihn einfach zu heftig bewegt hast. So ein Arsch ist sensibel. Es war stickig und heiß in diesem Zelt und du wusstest einfach nicht, wie du es tun solltest. *Wie schiebt man sich einen Finger in den Arsch?*

So, dass es sich *gut* anfühlt? Du hast dich auf die Luftmatratze gelegt und die Beine angezogen.

Und dir mit etwas Spucke das Rektum angefeuchtet.

Und dann herumgefingert, bis Blut und Scheiße aus diesem Loch geflossen kam.

Seltsamerweise fühlte sich das gut an. Du konntest dich nicht daran erinnern, etwas so *Gutes* und *Reines* gefühlt zu haben, wie die knochigen Finger, die in deinen blutenden Gedärmen herumrührten. Dir kommt es wie nie zuvor in deinem jungen Leben. Durch die Massage deiner Prostata wächst dein Schwanz zu einem pulsierenden Monstrum heran und dein Saft schießt in einer einzigen Ladung heraus und an die imprägnierte Zeltwand. Von dort tropft es in langen, milchigen Fäden wieder zurück auf das trockene Heu. Und nun tropft das Hirn der ganzen Jocks in braunen, länglichen Fäden auf den Linoleumboden deiner Schule.

Gestern noch hast du dich auf dem verschmierten Rücksitz dieses alten Ford von diesem Loser ficken lassen – *Hey, du dachtest dir, er ist ganz okay und vielleicht mag er mich etwas mehr, wenn ich ihm meine Möse anbiete*

– und heute schiebst du diesen Kinderwagen mit diesem Mülleimer von Kind, das schreit und schreit und sich vollscheißt, du bist fett geworden und außer Form, dieses Leben hat dich besiegt und kaputt gemacht. Und zu Hause wartet der nächste Loser auf dich, der dich so lange fickt, bis er die nächste Schlampe aufgerissen hat, die ihm Dosenbier kauft und ihm die Wäsche macht …

Come on! Wie fühlt sich das an? *Gut?* Wie fühlt es sich an, gefickt zu werden von diesen Typen? Wie ist es, diesen Samen zwischen den Schenkeln zu spüren? Diese seltsame Stille danach, wenn du in deinen Kissen liegst und nicht weißt, ob es okay war, so wie es gelaufen ist. *Okay?* Du fühlst dich wie eine heruntergesetzte Ware im Ausverkauf. Und dann, langsam, langsam wird es schwer in dir, schwer wie Stein. Dann, wenn immer mehr davon in dein Hirn sickert – *immer mehr von der Hure* – und du dich plötzlich auch endlich genauso fühlst. Ein Stück Fick, ein paar Minuten Fick, ein Fick, der keinen Geruch hinterlässt. *Fick, Fick, Fick.* Wann siehst du das ein? Wann siehst du ein, dass du ein Stück Fleisch warst und es nie bis in das Hirn dieser Typen geschafft hast, nie in das Herz? Sie riefen danach nie wieder an, Baby! Sie suchten nicht dich, sondern die Distanz. Das Weite. *Hell, yeah!* Du hast acht Minuten erigierte Liebe bekommen und einen Tritt in den Arsch. For Fuck's Sake!!! Und dann erinnerst du dich an bessere Zeiten, an die Typen mit den tollen Körpern – *Hey, Baby, Waschbrettbauch* – und du konntest damals mithalten, dein Körper war noch kein verfettetes Brachland. Und jetzt, einsam und öde. *Mekong Whiskey, Hong Kong Flu, Yellow Skin and a Black Dildo!* Deine Zeit ist vorbei. Deine Glieder sind zu schwach, um dagegen anzukämpfen.

Du bist kaputt. Du hast nur die Erinnerung. Es waren gute Jahre. Gute Jahre. *Gut.* Du wolltest sie so sehr lieben. Du wolltest ihnen alles geben, was du in deinem kleinen Herz trägst. Doch, leider, leider, leider warst du nur für acht Minuten gut. Und so sind wir alle. Acht Minuten Schnittmenge, die sich in deine Erinnerung brennen, Sekunde für Sekunde für Sekunde. Und dann waren es keine guten Jahre mehr.

Baby, du kannst dich an nichts mehr festhalten. Du wirst draufgehen bei diesem Trip.

Sag es doch. Forme die Buchstaben mit deinem Mund. Einen nach dem anderen. ICH BIN NICHTS WERT! Und danach wirst du dich so gut fühlen wie nie zuvor.

Vorher hat dir die ganze Welt in die Fresse gelacht und du warst zu müde, um dich dagegenzustemmen.

Der Mensch ist ein böses Tier.

Wie viel von unserer Fantasie müssen wir noch sinnlos verbrennen? Wie viel davon müssen wir abschlachten wie Vieh und ausbluten lassen? Unsere Träume sind das moderne Blut. Es fließt nur unsichtbar. Und wir ertrinken darin. Wir ersaufen jämmerlich in unseren verstofflichten Fantasien.

Wir drehen das Karussell und begegnen dem nächsten verschwitzten Körper, der in uns eindringt.

Wir wechseln dumpfe Worte in lauten und schmutzigen Nachtclubs, wir nennen es Small Talk und es soll die ersten drei Minuten überbrücken. Die ersten drei Minuten entscheiden doch darüber, ob du deinen Schwanz in diese Möse stoßen wirst oder nicht. Small Talk rettet also den Fick.

Und nachher fühlst du fremde Haut, die fremd riecht und die sich wie elektrisiert anfühlt. Und dann wird das Licht in einem kargen Raum gedämmt und wir befinden uns in diesem traurigen Zustand der Bedürftigkeit. Wir sind in Seenot, unsere Seelen schwimmen auf einem dunklen Ozean und wissen nicht, was sich unter ihnen befindet. Wir stoßen in fremde Leiber, wir reinigen uns selbst mit dem Schmutz des anderen. In dem Moment, in dem du mit aller Macht kommst, mit dem du von allem ablässt, mit dem du alles andere vergisst – in diesem Moment bist du so alleine wie in den neun Monaten, die du im Bauch deiner Mutter verbracht hast. Und jetzt … jetzt weißt du es ganz genau: *Du hast nichts mehr zu verlieren*. Denn das Rock 'n' Roll Land ist eine Einöde! Die Poeten von heute … sie wollen hart sein, doch sie trauen sich ja nicht mal mit Bandagen und gepolsterten Handschuhen in den Ring der Worte. Sie reden über Liebe, doch sie lieben ja nur sich selbst. Motherfucker! Und vor allen anderen Dingen: Sie wollen die Welt retten! *Fame, Baby, Fame!* Ich wollte noch nie die Welt retten. Das war von Anfang an eine schlechte Wahl. *Der Mensch ist ein böses, schönes Tier!* De Sade, Baby! Der, dem sie die Stifte nahmen und der dann seine

Stories übers Ficken mit seiner eigenen Scheiße an die Wand schrieb. Helden, Baby, nicht diese Krüppel! Willst du für deine Wahrheit an den Pranger? Willst du die Worte lauthals wiederholen, für die sie dir die Rippen mit Steinen brechen werden? Und, *hey,* sie schmeißen *tatsächlich* nicht mit Rosen und auch nicht mit angelutschten Lollipops. Sie schmeißen mit allem, das dir die Zähne ausschlagen wird und dir die Knochen bricht. *Was sagst du dann?* Sagst du: *Ich bin ein Dichter! Ich bin ein Poet! Das ist meine Wahrheit! Tötet mich dafür, wenn ihr wollt, denn sie ist in Ewigkeit gemeißelt!* Nein! Du kniest nieder und bietest ihnen deinen Arsch an, in den sie alle ejakulieren können. Du penetrierst alle mit deiner Poesie, doch wenn sie dich für deine Verse auf die Guillotine führen, dann bist du plötzlich ein Lämmchen, das nur gefickt werden will. Das die glänzenden Lichter unseres 21. Jahrhunderts wieder zu Verstand fickt. Das von nichts wusste. Siehst du, so läuft das! Bei mir ist das anders. Tritt mir zu nahe und ich werde dich verletzen. Ich werde dich mit meinen Worten verletzen und sie werden Stücke aus deinem stinkenden Körper herausreißen. Fleischstücke, auf die ich pissen werde und die räudige Straßenköter zum Fraß vorgeworfen bekommen. Niemand hat das überlebt. Ich bin echt. Ich bin wahr. *Du willst die Wahrheit?* Hier ist sie: Ich ficke dich, aber ich ficke nicht mit der Wahrheit. Ich male sie in Blut, wenn es sein muss. Mit meinem eigenen Blut. Du willst meine Worte einsperren? Ich werde sie frei prügeln mit einer Stange aus Eisen. Bevor du meine Worte zerstörst und meine Wahrheit – mach dich auf was gefasst. Ich werde dich härter schlagen als Lenny McLean und dich ausknocken, um meine Worte zu bewahren.

Denn die Wahrheit ist ein Virus!

Und wir sind der weiße Müll, der damit infiziert ist.

Und jetzt komm, Baby! Wir leeren die Phiolen mit unserem eigenen Blut und dann … machen wir das Licht aus. Wir machen das Licht aus und hören von tief unten den Blues. Dieses Grollen, dieses bitterböse Grollen. *Ein Mösenfurz aus der Hölle.* Und ich vergesse diese ganzen Mädchen. Und du all die Schwänze. Ich vergesse ihr Lächeln, das mich benommen gemacht hat. Das mich weich gemacht hat. Ich war tausend Meilen auf der Straße, immer mit dem Geruch ihrer frisch rasierten Fotze in der Nase. Ich bin ihnen gefolgt. Tief in die Nacht. Und immer habe ich sie gefunden. Es war der Duft zwischen ihren feuchten Schenkeln. Wir sind böse, schöne Tiere.

Und diese immerwährende Schnitzeljagd nach Mösendüften hat mich schließlich auch zu dir gebracht.

Wie eine Biene kreise ich um deinen Honigtopf. Immer bereit, alle deine Tropfen in mich aufzusaugen, sie durch meinen menschlichen Rüssel aufzunehmen. Nun, so ist das alte Spiel. Und so ist es immer gewesen.

Blauer Dunst

Blauer Dunst in ihrem Zimmer.
Der kalte Schädel an ihrer Brust.
Ihre Post seit Tagen ungeöffnet.
Sein verrottendes Fleisch zwischen ihren Schenkeln.

Vergaß die Welt
um sich herum,
schloss das Fenster ihrer Seele
und die Pforten zu ihrem Sein.

Grub tief in den Wünschen
und fand die Dunkelheit im Jetzt.
Die Dunkelheit und der Wahnsinn,
der das Fleisch verrückt macht.
Es unter Feuer und Strom setzt.

Blauer Dunst in ihrem Zimmer.
Getrocknetes Blut auf ihrer weißen Haut.
Seine Finger abgesägt.
Nun streicheln sie ihre Brüste ganz sanft,
wie sie es nie vorher taten.
Nie taten.

Grub tief in den Wünschen,
und kochte seinen Kopf, bis er weiß wie Kalk war.
Frei von allen Sünden gewaschen.
Frei von all den verschwendeten Gedanken.

Offenbarte er ihr seine Leidenschaft …

Nun hängt seine abgezogene Haut als fein vernähter Zwirn
an einem Kleiderhaken aus Metall
in ihrem Kleiderschrank.

Sie trägt ihn um ihre nackten Schultern,
und trinkt sein Blut aus dem schweren Kelch.
Sie brät seine Lenden.
Und isst seinen Leib in sieben Tagen.

Sie erinnert sich an seinen Geschmack
noch in Jahren …
Sein Geruch weht mit in ihrem Haar.

Niemand, der ihn vermisst.

Dark Village Skin

Das erste Mal hörte ich Jinky davon reden. Er erwähnte den Namen *Dark Village Skin* ganz beiläufig in einem Gespräch, an dessen Thema man sich eine Stunde später schon nicht mehr erinnern kann. Ich wünschte, ich hätte diesen Namen tief in meinen Hirnwindungen vergraben und dort vergessen. Aber so war es nicht. Dieser Name blieb in meinem Gedächtnis haften wie Kaugummi: *Dark Village Skin*. Wie viele Namen sickern einfach so durch unser Gedächtnis?

Namen, an die man sich, ein paar Momente nachdem man sie zum ersten Mal gehört hat, nicht mehr erinnern kann. *Es gibt Tausende davon*. Tausende, die immer ohne jede Bedeutung bleiben.

Denen man keine weitere Beachtung schenkt.

Doch *Dark Village Skin* hatte diesen speziellen *Klang*. Er erinnerte mich an die exotischen Freakläden der frühen 80er Jahre. Fetish, Punk, Lack, Leder – typisches New Wave Coleur.

Graue Weltuntergangsstimmung.

Dark Village Skin.

Ein Laden, in dem schon Lou Reed und David Bowie ihre Klamotten eingekauft hatten.

Es ist die Illusion.

Du verbindest diesen Namen mit einer gewissen Idee. Mit einer gewissen Atmosphäre. Du willst plötzlich auch in diesen Laden. Du denkst, du findest dort alles, was du jemals gesucht hast. Dort findest du Klamotten, die dich legendär machen. Die dich sexy machen.

Wir alle sind Fashion Victims.

Auch ich.

Bevor ich mich auf die Suche machen konnte, trat ein anderes Ereignis in mein Leben: Mein ältester Freund, Wool, hatte sich umgebracht.

Ich sehe Wool noch genau vor mir: Sein Körper völlig ausgemergelt, die Knochen stehen aus seiner kalkweißen Pergamenthaut heraus, wie Türme aus Elfenbein, der Ausdruck in seinen Augen – *leer*. Kein Leben mehr. Der letzte Funken Leben ausgelöscht durch Psychopharmaka. Wool war völlig ausgebrannt. *So ausgebrannt, wie man in der geschlossenen Abteilung der Londoner Psychiatrie nur sein kann.* Sandfarbene Wände, kahle, dunkle Räume, kaltes Licht. Ein leerer Betondschungel, gefüllt mit einem Hauch unsichtbaren Wahnsinn. Wool glaubte daran, *besessen* zu sein. Besessen von unsichtbaren Dämonen, die im Inneren seiner Ohren sitzen und die ihm ständig Befehle zuflüstern: *Wool, der Meister befiehlt* ... Der Meister gab ihm vor Jahren den Befehl, seine Flurnachbarin mit einem blutigen Voodoo-Ritual von ihrer Promiskuitivität zu bekehren.

Nach diesem Übergriff folgte die erste Therapie in einer endlosen Reihe weiterer erfolgloser Therapien. Doch seine Dämonen konnte er nie besiegen. Ganz im Gegenteil: Er verzweifelte.

Nur wenn man an seinen Dämonen verzweifelt, dreht man Leuchtstoffröhren aus der Fassung, zerschlägt sie und frisst die Scherben. So lange, bis dein Leib sich mit deinem eigenen Blut aufbläht und deine zerlöcherten Innereien darin baden können.

Sein Tod traf mich hart, obwohl er nicht plötzlich und unerwartet kam, denn er hatte vorher ganze drei Male versucht, sich das Leben zu nehmen. Er hatte es bei diesen Versuchen nicht ernst genug genommen. Diesmal hatte er alles *definitiv* vorbereitet. Fast schon penibel in seiner typischen Kleinstädter-Art.

Wie sich Dinge ändern: Wool war in Belfast noch ein unauffälliger Junge mit schlimmer Pubertätsakne im Gesicht, mit dem ich gemeinsam in die Schule ging und der manchmal Schmiere stand, wenn wir Blei von Häuserdächern klauten. Nach der Schule trennten sich unsere Wege für einige

Jahre. Mitte der 80er traf ich ihn in London wieder. Wir waren Punks und besetzten abbruchreife Häuser, in denen wir ohne Wasser und ohne Strom hausten.

Dieser Wool, der mit mir gemeinsam auf bepissten und stinkenden Matratzen schlief, hatte nicht mehr viel mit dem stillen Jungen aus Belfast zu tun. Wool war ein echtes Kind der Underground-Szene geworden. Er lebte ein Leben, von dem die meisten nur träumen.

Er war schwul und verbarg das vor keinem.

Wool ließ keine Gelegenheit zum schnellen Sex aus.

Doch, wie alles im Leben, blieb auch das nicht ohne Konsequenzen.

Seine Diagnose erhielt er Anfang der 90er.

Anfangs glaubt man immer, dass es nur den anderen passiert. Denen, die weit weg sind. Wenn es jemandem aus deinen eigenen Reihen trifft, macht es dich für einen Moment stutzig und du trittst etwas leiser. Ein Gefühl, als wenn du an einem heftigen Autounfall vorbeifährst und dir bewusst wird, dass du eigentlich immer zu schnell fährst.

Eine Sekunde später hast du diese Tatsache erfolgreich verdrängt und gibst wieder Vollgas.

HIV machte aus Wool einen destruktiven Menschen. Er hatte weiterhin ungeschützten Geschlechtsverkehr. Teilte seine Nadeln mit anderen Junkies. Er änderte einfach nichts.

Und das widerte mich an. Innerlich hatte ich mich bereits von ihm entfernt, doch trotzdem schmerzte sein Tod. Wool erinnerte mich an meine eigene Vergangenheit, an eine Zeit, die so nicht mehr wiederkehren würde. Und die ich sehr vermisste. Wool stand in meinem Bewusstsein immer für diese Zeit. Bis jetzt. Jetzt stand dort ein großes Nichts, und das betrübte mich.

Ich begoss seinen Abschied von dieser Welt gemeinsam mit Jinky und schlief in meinem Whisky-Rausch auf seiner alten Couch ein.

Danach kommt mir alles so vor, als habe sich in meinem Kopf ein Film in Fast Forward abgespielt.

Und meine Erinnerung wird bis zu diesem letzten Moment in meinem Auto vorgespult.

Wie ich alleine in meinem Auto sitze, an dieser gottverdammten Kreuzung.

Im Frühjahr sollte mein neuer Gedichtband *»Blood, Bullets and a Sacrifice«* erscheinen.

Das war ein großes Ereignis für mich. Random House, Englands führender Verleger, hatte die Rechte daran erworben und die Promotion lief bereits auf Hochtouren. Das Budget war in meinen Augen immens und mein Manager, Greg Evans, gab sich die größte Mühe, mich der Presse und der Öffentlichkeit als neuen Anti-Literaten zu präsentieren – *aus den Arbeitervierteln Belfasts in die Underground-Clubs von London.* Die Buchpräsentation sollte im ehrwürdigen *100 Club* stattfinden, in dem auch schon die legendären Sex Pistols debütiert hatten. Greg kam zu mir und sagte: »Diese Sache muss hart werden, eine einzige Provokation. Du musst etwas Schockierendes sagen, du musst etwas Schockierendes ausstrahlen … etwas, was die Menschen *umhaut!«*

Ich wusste, Greg hatte recht. Meine Lyrik war voller Obszönitäten, mein Image war das eines *Bad Boys* – dementsprechend musste der Auftritt sein. *Auffällig und provozierend.* Aber darüber dachte ich nicht nach an diesem Abend. Ich weiß, ich war guter Stimmung. Ich weiß, wie ich mich in meinen Wagen gesetzt habe, *Sisters of Mercy* einlegte und im schleichenden Londoner Nebel losfuhr.

Und dann begann dieser seltsame Trip. An dieser dunklen, verregneten Kreuzung.

Ich sitze in meinem alten Ford. Ich bin auf dem Weg zu Brian, der das beste Dope in der Stadt verkauft. Es regnet in Strömen und ich fahre langsam, es ist schon verdammt noch mal viel zu spät, aber ich will unbedingt das Dope. Und dann stehe ich inmitten des prasselnden Regens vor einer Kreuzung, die ich noch nie gesehen habe.

Ich wohnte zu diesem Zeitpunkt bereits seit einigen Jahren in London und kannte mich gut aus – zumindest so gut, dass ich diese Kreuzung hätte kennen *müssen*. Doch das tat ich nicht.

Ich lege also den ersten Gang ein und taste mich langsam vorwärts. Der Regen trommelt wild auf das Wagendach. Die Beleuchtung ist miserabel. Aus den Augenwinkeln sehe ich für den Bruchteil einer Sekunde eine Silhouette, wie sie in den Bindfäden des Regens über die Straße hastet.

Ein mächtiger Ruck folgt. Ich trete aus reinem Reflex und mit voller Wucht auf die Bremse.

Der Motor säuft mit einem schwerfälligen Husten ab und mein Wagen kommt schlingernd zum Stehen. Die Bremsen sind nicht mehr die Besten. Ich atme aus und mein Herz klopft wild. Adrenalin. Im Mondschein und dem spärlichen Licht habe ich niemanden kommen sehen.

Ich denke einen Moment lang nach, was ich tun soll. Ich kann keinen klaren Gedanken fassen.

Ich steige aus. Binnen weniger Sekunden hat mich der Regen bis auf die Haut durchnässt.

Niemand ist zu sehen.

Es ist stockdunkel.

Die Straße ist verlassen. Nur ein einziges Auto – es ist mein *eigenes*. Die Lichtkegel der Frontbeleuchtung sehen in der Dunkelheit wie zwei leuchtende Sonnenstrahlen aus. Sie beleuchten den völlig durchweichten Londoner Asphalt. Mein Mobiltelefon klingelt. Einer dieser widerlichen, schrillen Klingeltöne. Ich höre es gedämpft im Wageninneren. Selbst die eingestellte Vibration kann ich fast körperlich spüren. Ich lasse es klingeln. Hätte ich das Gespräch angenommen, hätte mir meine hysterische Schwester Lindsay berichtet, dass Jinky sich in die Themse gestürzt und sie soeben seinen Leichnam geborgen hatten.

Kalt und hart wie Stein – und voller Morphium.

Und voller wirrer Träume.

Langsam gehe ich um das Auto herum. *Nichts*. Doch dann höre ich dieses Stöhnen. Einige Meter entfernt. Ich renne einfach in die Dunkelheit hinein. Und stürze in den Matsch. Ich stolpere über etwas Hartes. Etwas Großes. Ich drehe mich um. Sehe in leuchtend weiße Augen. In der Dunkelheit erkenne ich es zuerst nur schemenhaft. Dann werden die Umrisse immer schärfer.

Aus dem Grau der Nacht schält sich ein Kind.

Es ist vielleicht zehn Jahre alt.

Es ist nackt.

»Ist alles okay bei dir?«, frage ich hastig. *Ist es verletzt?,* schießt es mir durch den Kopf.

Habe ich es verletzt? Ich bekomme nur leises Wimmern als Antwort. Ich bücke mich. Ich will das Kind hochziehen, es auf Verletzungen untersuchen. *Irgendetwas tun*. Doch ich rutsche an seinem Arm ab. Sein Körper ist glitschig und feucht. Nicht durchnässt vom Regen, sondern wie mit einem warmen Schmiermittel überzogen. Erst beim zweiten Hinsehen bemerke ich, *warum*.

Nackenhaare stellen sich hoch und mein Magen dreht sich. Ich habe in rohes Fleisch gefasst. Meine Hände sind voller dunklem Blut. Irgendjemand, *irgendetwas,* hat diesem Kind die Haut abgezogen. Wie in einen Teppich aus Blut gewickelt liegt es vor mir im Dreck. Ich werde panisch.

Das Kind blinzelt mich aus der Dunkelheit an. Leuchtend weiße Augen, die sich vom blutroten Rest und dem Grau der Umgebung so deutlich abheben und mir so immer im Gedächtnis bleiben werden.

Das Gesicht dieses Kindes – wie verkochtes Fleisch. Die Konturen aufgeplatzt. Hautfetzen hängen wie Fäden von der rohen Fleischmasse herab. Es sieht aus wie das virtuelle menschliche Modell im Anatomieunterricht der Schule. Ich weiche erschrocken zurück. *Was tust du in dieser Situation? Weißt du es vorher?* Ich habe tausendmal darüber nachgedacht.

Ich wollte sein Blut nicht an mir haben. Wische mir die Hände an meiner Hose ab und doch ist es geschehen. Sein Blut ist überall an mir. Ich schnaufe und versuche zu mir zu kommen.

Völlig verwirrt taumele ich umher. Nach langen Sekunden kommt mir ein klarer Gedanke: *Hilfe holen.* Ich renne zurück zu meinem Wagen. Die Türen sind verschlossen und meine Schlüssel stecken auf dem Zündschloss. Mein Mobiltelefon liegt eingesperrt auf dem Beifahrersitz. Ich schlage die Scheibe ein, und merke: kein Empfang. *Wie kann das sein?* Ich darf keine

Zeit verlieren. Renne los. Renne um die nächste Ecke. Graue Straßen. Schwerer, feuchter Nebel, der alles verschleiert. Der alles eingeschlafen und surreal wirken lässt. Alte, viktorianische Bauten, typisch für das West End, doch nirgendwo eine einzige Menschenseele. Alles ist wie ausgestorben. Ich stoße mir meine Schulter an einem hohen Gebäude aus roten Backsteinen, als ich in die nächste Straße einbiege. Dann endlich: ein hell erleuchtetes Geschäft. Über einen langen, roten Teppich stürze ich durch die Türe, schnell und ohne nachzudenken. Die Türe knarrt beim Öffnen, ein stechender Geruch strömt mir entgegen.

Endlich stehe ich drin. Ein kleiner muffiger Raum, vollgestellt mit billigen Regalen. Schmeißfliegen drehen ihre Runden um die einzige Lampe an der Decke. Ein runder, kleiner Beistelltisch, auf dem eine Filterzigarette einsam in einem Aschenbecher aus Glas verbrennt.

Ich höre, wie der Regen hart an das braune Fenster prasselt.

»Du bist gekommen, um ihn abzuholen …«

Die Stimme klingt tief und scheint von weit weg zu kommen. Doch als ich mich umdrehe, steht er direkt hinter mir. Er ist groß gewachsen und hager, sein Haar hängt ihm in dünnen, fettigen Strähnen vom Kopf. Aber das grabe ich aus meiner Erinnerung: In diesem Moment will ich nur Hilfe holen. Hilfe für dieses nackte Kind, das im Dreck draußen auf der Straße liegt und in diesem Moment stirbt.

»Hören Sie – ich brauche Hilfe … draußen auf der Straße verblutet ein Kind!«

Aus schmalen, zusammengekniffenen Augen sieht er mich an. Abwartend. Die Stimme passt nicht zum Rest der Erscheinung. Ich bin verwirrt, weil er so verdammt stoisch und ruhig bleibt und nicht in dieselbe Panik verfällt wie ich. Er tut nichts. Bewegt sich keinen Zentimeter.

Dann wiederholt er es seelenruhig. Wie ein verdammtes Sutra.

»Du bist gekommen, um ihn abzuholen …«

Ich schüttele den Kopf. *Was soll ich sagen?* Ich zucke mit den Achseln.

Alles scheint mechanisch zu passieren, wie in einem überlebensgroßen Puppenspiel. Und genauso komme ich mir vor. Wie eine Puppe, die gespielt wird.

Sein Mund öffnet sich für einen kleinen Moment. Er sagt nichts. Er hat nur noch wenige Zähne und leckt sich mit der Zunge über die Lippen. Speichel fließt an seinen Mundwinkeln herunter. Seine Zunge ist ein einziger schwarzer Egel. Eingefärbt durch Dekaden starker Zigaretten.

Ich sehe ihn fassungslos an.

In meinem Leben habe ich die abwegigsten Dinge gesehen – hier beginnt eine neue Ära.

Definitiv.

Der Mann grinst und zieht an seiner Zigarette.

»Du weißt es doch. Nur diejenigen finden uns, die es auch verdienen …«

Ich sehe in sein relativ zahnloses Grinsen und verstehe immer noch nicht. Der Mann verschwindet plötzlich hinter einem Regal. Ich höre Rascheln. Ich denke an ein funktionierendes Telefon. Ich sehe mich in diesem kleinen Raum um und entdecke keins. Nach einem kurzen Moment taucht er wieder auf.

Er hält ein Paket in der Hand. Einen verpackten Gegenstand eingewickelt in braunes Packpapier. Ein Standardpaket. Das Grinsen weicht nicht aus seinem Gesicht, als er das Paket auf den Tresen stellt. Und dann explodiere ich.

»Fuck, da draußen ist ein Kind!«, brülle ich ihn endlich an. Ich gehe auf ihn zu und will ihn mir greifen. Ich will diesen Wichser anschreien, will ihm meine Faust in sein Gesicht schlagen. In demselben Moment, in dem ich loslegen will, zieht sich jedes Leben aus seinem eingefallenen Gesicht und er hebt seine Hand.

Ich spüre, wie ein Ruck durch meinen Körper geht und dann verharre ich in dieser Haltung eine kleine Ewigkeit. Mein Atem geht in heftigen, kurzen Stößen.

Das Nächste, an das ich mich erinnere, ist, wie scharf das Packpapier war, als ich es vom Paket reiße.

Ich schneide mir Wunden in die Hände, so scharf ist es. Es ist mir egal. Ich spüre kleine Schweißperlen an meinem Hals, als ich endlich so weit bin. Ein Kleidungsstück. *Eine Art Mantel.* Und dann verfärbt sich alles blau. Ich höre das Blut in meinen Ohren rauschen und sehe diesem Typen völlig entgeistert in seine toten, schwarzen Insektenaugen.

»Das Kind …«, stammele ich und meine Augen bewegen sich in ihren feuchten Höhlen.

Er schüttelt nur den Kopf.

»Das Kind ist hier …«, flüstert er und streichelt zärtlich den Mantel.

Dann grinst er wieder. Sein Gesicht entbehrt wieder vereinzelte braune Zähne. Ich sehe sie hinter dem Vorhang aus Zigarettenrauch, der wie Dampf in dichten Schwaden aus seinem Mund quillt.

Er sagt: »Menschenhaut.«

Ich wache auf und mir ist schlecht. In meinem Kopf dreht sich alles. *Was für ein seltsamer Traum*. Ich stehe auf. Ich atme schwer. Schweiß in meinem Nacken. Ich sehe aus dem Fenster und sehe schmutzigen Regen. *Gehäutete Kinder* … Drogen sind die Ursache. Ich nehme, seitdem ich denken kann, Drogen. Immer wieder, immer mehr, immer andere. Nur eine bleibt: Heroin. Und ich weiß: Ich leide seit Jahren an Albträumen. Sie verfolgen mich. Manchmal sind sie so real, dass ich an ein Paralleluniversum glauben möchte, an eine Zwischenwelt, in der ich wandle und dort Geschichte schreibe.

Mein Apartment ist klein und unaufgeräumt. Der Boden ist bedeckt mit allen möglichen Utensilien für den Drogenkonsum, schmutzigem Geschirr und alten Zeitungen. Ich will Kaffee machen.

Dann bemerke ich es.

Das Paket.

Ich bemerke es, weil ich nach dem Aufstehen dagegen laufe und beinahe darüber falle.

Benommen kicke ich es aus dem Weg. Packpapier raschelt und dann spüre ich wieder Schweißperlen an meinem Rücken.

Meine Hände zittern, als ich es aufhebe.

Ein strenger Geruch geht davon aus und das Packpapier ist feucht.

Dass der Mantel aus Menschenhaut ist, wird natürlich pressewirksam ausgeschlachtet.

Greg ist hoch erfreut über diesen kleinen Skandal, denn es ist gute Publicity. Genau das, was er wollte.

Und er spielt diese Karte gut aus: Tags darauf schreibt die gesamte Londoner Tagespresse über den ominösen Mantel. Ich werde vom Feuilleton als *Nazi* und als *Antisemit* beschimpft und als nationale Schande, dann als nekrophil und als pervers. Niemand hat den Mantel gesehen.

Niemand weiß, ob er wirklich aus Menschenhaut ist. Greg meint, ein Fan hat ihn mir geschenkt. Ich könne mich nur nicht mehr daran erinnern.

Was für irre Typen lesen meine Sachen?, denke ich.

Ich sorge für Schlagzeilen, obwohl niemand auch nur eine Zeile meines neuen Werkes gelesen hat. Seltsame Blüten treibt die Lyrik. Die Tage gleiten dahin und ich denke darüber nach, woher der verdammte Mantel tatsächlich kommt.

Das Etikett sagt:

Dark Village Skin.

Nirgends finde ich diesen Laden.

Niemand kennt diesen Laden.

Egal, wen ich frage.

Niemand kannte diesen Laden.

Außer Jinky.

An einem kalten Novembermorgen findet seine Beerdigung statt. Sein Leichnam ist aufgequollen und verfault, der Sarg bleibt deswegen geschlossen. Ich gehe nicht mehr zum Leichenschmaus. Stattdessen besorge ich mir Drogen.

Vendal lässt die Zeit zu einer unwirklichen Schwellung werden, die ich mir nicht wegmassieren kann. Nicht will. *Rohypnol, Valium, Benzedrin* plus Alkohol. Brandheiße Drogencocktails waren immer schon meine Schwäche. *Warum?* Als Poet bist du mit Schmerz beleckt, denn du siehst mehr, als der Rest dieser erbärmlichen Welt. Und dann musst du dich betäuben, um nicht den Verstand zu verlieren. In meinem dunklen Zimmer strecke ich mich auf dem Boden aus, schalte das mobile Telefon ab, nehme die kleinen, orangefarbenen Tabletten und kippe etwas Gin hinterher.

Dann lege ich Nick Cave auf und warte auf dieses Gefühl, das mich tief nach unten drückt, das alles in einem Kobaltblau verschwimmen lässt.

Und irgendwann kümmert mich das alles nicht mehr ... nicht mehr mein kleines, unwichtiges Leben, nicht mehr die Buchpräsentation und – nicht mehr dieser Mantel.

Es hämmert gegen die Tür. *Greg?* Ich weiß es nicht. Das Hämmern hört nicht auf. Stundenlang liege ich jetzt schon hier, sehe zu, wie die blutrote Kerze abbrennt. Unfähig mich zu bewegen. Dann klirrt etwas. Plötzlich steht Greg mitten im Raum. Sofort rieche ich dieses neue Parfüm an ihm. Er riecht wie eine Nutte. Er schüttelt den Kopf, sagt etwas zu mir. Seine Stimme klingt weich, obwohl seine Gesichtszüge hart und kantig sind. Er ist ein Geschäftsmann und sein bestes Geschäft liegt mit Opiaten zugedröhnt auf dem Fußboden. Ich kann ihn verstehen. Er spricht zu mir, doch seine Stimme ist weit weg, wie ein entferntes Motorendröhnen. Reißt mich hoch, gestikuliert wild.

Ich muss fit werden … die Präsentation. Noch drei Tage. Greg bringt mir heißen, schwarzen Kaffee. Langsam komme ich zu mir. Er warnt mich: Keine Drogen an diesem wichtigen Tag.

Ich kann nachts nicht einschlafen und gehe durch die Straßen. *Der Mantel* … er liegt immer noch in den Überresten des Packpapiers. Er schimmert im Mondlicht, das fahl durch die einzige Fensterscheibe meines Apartments fällt. Irgendetwas daran zieht mich magisch an. Ich beuge mich herunter und fasse ihn an. Er fühlt sich erstaunlich gut an. Doch ich muss sofort an diesen Traum, an dieses kleine, blutverschmierte Kind denken.

Ich schleiche durch die Dunkelheit, der Mantel schmiegt sich an mich, doch dieser beißende Geruch verfolgt mich und heftet sich in meine Nase. Mein Atem geht unkontrolliert und mein Puls rast.

Ich beginne zu würgen und erbreche mich. Plötzlich taucht eine schmale Gestalt aus einem Hauseingang auf und spricht mich an. Eine Nutte.

Schwarze Locken kräuseln sich in ihr Gesicht. Ich sehe, dass sie minderjährig ist. Ich versuche zu lächeln. Sie wird nicht mit in meine Wohnung kommen, sagt sie, aber sie könne mich bis vor meine Haustüre begleiten, für ein paar Banknoten. *Natürlich.* Aus ihr sprechen Generationen von Zuhältern. Ich gehe einfach, den Geschmack von Erbrochenem in meinem Mund, brennende Gedärme, ein lebendiges Wrack, das Gedichte schreibt.

Im Sessel lese ich ein paar Seiten der *Fleurs du Mal,* dann schlafe ich endlich ein.

Ganz in Grau stürzt er sich auf mich. Sein Gesicht ist zerfetzt, ein klaffendes Loch, wo die Nase sein soll, Blut bricht in Fontänen aus ihm heraus. Jemand schreit mir in das Gesicht. Ich höre helle Pfiffe über mir zischen, ein permanentes Donnern. Neben mir liegen Männer, und Teile von ihnen: Arme, Beine, zerschmorte Körper. Es riecht nach Tod. Lichtblitze, fremde Stimmen. Mich reißt jemand herum, brüllt mir in das Gesicht. Lauf, Lauf! Und dann sehe ich, wie er verschwindet, über Leichenberge krabbelt. Dann ein heller Lichtblitz, ein schockartiger Knall, helle Pfiffe ganz nah – schweißgebadet wache ich auf.

Was für ein Traum.

In den nächsten Tagen bin ich wirr, bilde mir ein, Stimmen zu hören; ein leises Wispern, das direkt von hinter meinen Ohren zu kommen scheint. Ich versuche es zu ignorieren, doch es gelingt mir nicht. Dann kommt *der Tag*. Und er ist unspektakulärer als ich denke. Die Lyrik in diesem, meinem Buch, ist voller Gewalt, voller Hass, voller Chaos. Es erzählt von meiner Welt: Blutige Schlägereien in Soho, Unterwelt, schmutzigem und rücksichtslosem Sex in der Gosse, von Nutten, Drogensüchten, Ängsten. Der Barde der Nachtseite. Alle reden davon, wie *realistisch und authentisch* meine Gedichte sind. Gelesen hat sie niemand. Das merke ich an ihren Blicken. Sie sind erstaunt über den Sonderling, den ich immer noch für sie darstelle. Ich hasse sie, die Kritiker, die Schmeißfliegen, die sich aus der Gosse an dir hochzuziehen versuchen, die Agenten, die Verleger, die Journalisten, die mit dummen Fragen, die sie sich selber niemals fragen würden, nerven.

Ich habe keine Entourage, bin nicht scharf auf Publicity. Schreiben ist meine Obsession, ein Zwang, eine Sucht, die mich nicht mehr loslässt. Ich kotze und scheiße auf Papier, notfalls schreibe ich mit meiner eigenen Pisse. Ich bin alleine in der Menge, so war es schon immer.

Dann drehen sich meine Augen in meinen Kopf und ich stehe mit meinem Glas Vodka inmitten all dieser Fremden, die sich so für mich interessieren, und beginne zu halluzinieren.

Es ist, als ob sich ein Blitz in meinen Verstand schaltet: Ich sehe eine junge Frau, die mir eine Halskette reicht. Ich sehe ein Haus, grüne Wiesen, einen alten Mann, der an einer Pfeife zieht und lächelt. Ich sehe einen Fluss, der sich wie ein Aal vor mir windet, mit friedlichen Schiffen, die dahingleiten und wie Miniaturen aussehen.

Ich kenne diese Szene.

Das Haus ist elfenbeinfarben und groß, ein Schmuckstück, wie man es lange nicht mehr baut.

Wie aus einem Prospekt. Völlig überzogen und überhaupt nicht meine Welt. Die Augen, in die ich sehe, sie sind schmelzende Schokolade, umrahmt von einem Meer aus dunkelbraunen Haaren.

Ich würde mich sofort verlieben, wäre sie real. Doch dann werden ihre Gesichtszüge plötzlich grau und alt und fahl und ihre schönen perlweißen Zähne werden zu brüchigen, riesigen Hauern, die nach mir schnappen. Ich will fliehen und kann mich nicht bewegen. Sie fällt über mich her, schlägt ihre Klauen in mein Gesicht und kratzt mir die Augen aus.

Greg rüttelt mich wach. Schweißnass stehe ich hier auf dieser armseligen Veranstaltung und zittere am ganzen Leib. Greg nimmt mir den Vodka weg und redet auf mich ein. Ich verstecke mich in eine schlecht einzusehende Ecke und warte, dass alles vorbeigeht.

Ich betrachte das gebundene Exemplar meines eigenen Werkes und empfinde: *Nichts.*

Mir ging es besser, als ich in drittklassigen Absteigen residierte und vor dreißig Leute las. Das war ehrlich. Heute ist das alles anders. Leute, die ich noch nie vorher gesehen habe, kommen und gratulieren mir. Ein großartiges Buch: *Sehr authentisch*. Ich stehe dann vor ihnen und lächle. Und werde betrunken. Signiere mein Buch für den Sohn, die Tochter, die Ehefrau, die auf meine Zeilen scheißen und sich einen Dreck um mich kümmern. Das ist das Geschäft. Und ich hasse es.

Leere Worte.

Taube Ohren, die nichts mehr hören.

Nichts mehr hören wollen.

Kurz nach Mitternacht liege ich in meinem Bett, gestrandet und fertig mit dieser Welt.

Ich weiß, dass Greg nach mir suchen wird, aber es interessiert mich nicht. Grau ist das Licht, das durch die schwere Gardine in das Zimmer fällt.

Ich nehme einen Drink und eine Valium.

Ich renne durch diese Stadt. Ich renne immer weiter, atemlos. Ich kenne die Stadt nicht, ich renne geradeaus. Grollen von weit her. Seltsame Stimmung. Links und rechts von mir liegt alles in Schutt und Asche, kein Stein mehr auf dem anderen. Ich weiß nicht warum, aber ich renne immer noch. An einer Kreuzung steht ein brennendes Fahrzeug. Und dann reißt es mich von den Füßen. Meine Knie knicken ein, ohrenbetäubender Lärm. Ich spüre, wie sich etwas durch das Fleisch meines Schenkels bohrt und einen brennenden Schmerz hinterlässt.

Meine Augen schmerzen, als ich aufwache. Mein Schädel dröhnt, auch drei Tassen Kaffee später noch. *Alles* schmerzt. Mein Verstand erholt sich nur langsam von diesem Albdruck. Der Tag ebnet zähflüssig seinen Weg in mein Bewusstsein. Diese drogenverseuchten Träume werden immer wilder, immer apokalyptischer. Als ob sich gleich die Welt in ein zerfließendes Rot auflöst.

Ich habe ein dumpfes, taubes Gefühl und ich merke erst jetzt, dass ich hinke. Mein Bein schmerzt.

Das passiert oft im Drogenrausch. Du verletzt dich, tust dumme Dinge, an die du dich nicht mehr erinnerst. Das ist das wirklich Schöne an Drogen: Du wirst leichtsinnig und mit dem Leichtsinn kommt die Gefahr. Und Gefahr lässt dich spüren, dass du lebst. Ich bemerke erst unter der Dusche, dass mein rechter Schenkel völlig blutverschmiert ist. Eine dicke, bräunliche Kruste auf weichem Fleisch. Das Blut sickert immer noch langsam aus einem tiefen Krater, den irgendetwas in das Gewebe gebohrt hat. Die Wunde sieht sehr interessant aus. Das Fleisch in der Mitte der Wunde hat sich bläulich verfärbt. Ich pule mit dem Finger in diesem Loch. Hautfetzen und Schmutz zwängen sich unter meine Fingernägel. Dünnes, hellrotes Blut sickert in Rinnsalen aus diesem pulsierenden Fleischvulkan, wie heiße Lava. Fasziniert starre ich es an. Heißes Wasser fließt an meinem Rücken herunter.

Vermischt sich mit Blut, verschwindet gurgelnd im Abfluss.

Ich wundere mich: Wo kommt die Wunde her?

Dann wird mir schwarz vor Augen.

Es erscheint mir Stunden später. Als sei ich in ein Loch gefallen. Ich öffne meine Augen: meine Schwester. Ich sehe in die Augen meiner kleinen Schwester, Lindsay. Neben ihr steht ihr neuer Freund, dessen Name ich immer vergesse. Ein Schotte mit einem schlimmen Akzent. Thomas?

Was tun sie hier? Wo bin ich?

Weiße Bettlaken. Ich werde wieder ohnmächtig.

Stunden später.

Ich öffne meine Augen: ein Mann mit hoher Stirn und dunkler Brille. Er spricht langsam.

Er sieht aus wie ein Orientale. Er ist Arzt und erklärt mir umständlich, was eigentlich los ist.

Ich bin im Krankenhaus.

Ich habe viel Blut verloren.

Ich habe Glück gehabt, dass meine Schwester mich gefunden habe. Und, dass das Projektil nur knapp den Oberschenkelknochen verfehlt hat.

»Wissen Sie, mich würde interessieren, wer auf Sie geschossen hat.«

Ich hasse Männer in Uniformen. Ich kannte mal eine kleine Siebzehnjährige, die auf Männer in Uniformen stand und sich direkt von einem Dutzend junger Rekruten hat durchficken lassen. So lange, bis ihre Möse blutig war. Ich hasse Uniformen. In Irland waren es die englischen Uniformen, die ich so sehr hasste. Ich sehe, wie ein kleiner Typ mit zerschlissener Wildlederjacke durch die Türe des Aufenthaltsraumes kommt und den Uniformierten sanft wegzieht. Er setzt sich auf einen Stuhl neben mich und bietet mir eine Zigarette an.

»Ich bin Sean Donnely …«, beginnt er.

Er ist auch ein Bulle, aber einer von denen, die dir direkt in die Augen sehen.

Er stellt mir viele Fragen: Ob ich aus Irland komme und aus welchem Viertel von Belfast.

Ob ich wüsste, wer auf mich geschossen hat. Was redet er da? Geschossen?

Ob ich Feinde habe, Menschen, die mir meinen Erfolg neiden. Ich weiß nicht, was passiert ist.

Es geht weiter: Nebenbuhler? Frauengeschichten? Dann, ob ich jemals etwas mit der IRA zu tun hatte.

Ich lüge, denn ich hatte. Wir haben als Jugendliche Papiere und Waffen für sie geschmuggelt.

Er sieht mich aus seinen dunklen Augen so seltsam an.

Ist er vielleicht schwul? Ich weiß es nicht.

Er besorgt Kaffee. Er scheint sich ernsthafte Sorgen um mich zu machen, redet von *gewissen Kreisen,* die es auf mich abgesehen haben könnten. Wegen einiger Gedichte, die Namen aus der Halbwelt nennen. Dann zeigt er mir ein kleines Ding aus Metall, legt es in einer Plastiktüte vor mir auf den Tisch. Es macht ein hartes Geräusch, als es die Oberfläche berührt.

»Wissen Sie, was das ist?«, fragt er mich.
Ich schüttele den Kopf.
»Es ist ein Projektil …«, sagt er trocken, »aber nicht irgendein Ordinäres …«
Er sieht mich geheimnisvoll an.
»Irgendwelche Waffenliebhaber in ihrem Bekanntenkreis?«
Ich zucke mit den Achseln. Nicht, dass ich wüsste.
Er schürzt seine Lippen und trinkt seinen Kaffee in einem Zug aus. Dann steht er auf.
Im Vorbeigehen sieht er mich noch mal mit diesem seltsamen Blick an und zieht die Augenbrauen weit nach oben.
Er wiegt die Tüte mit dem Projektil in den Händen.
»Es ist ein verdammt altes Geschoss, wissen Sie, nichts Alltägliches!«
Ich starre ihn wortlos an.
»Es ist von *1916.«*

Lindsay kommt mich jeden Tag besuchen. Sie sucht Arbeit in London. Sie raucht Kette und redet unendlich viel. Sie wird ihren irischen Akzent niemals ablegen.
Dann werde ich nach zwei Wochen entlassen. Ich gehe auf Krücken, aber die Schmerzen halten sich in Grenzen. Artig nehme ich die Schmerzmittel. Die Polizei sagt, sie bleiben an verschiedenen Spuren dran. Die Streife wird vor meiner Wohnung patrouillieren. Die Presse hat über den Fall berichtet. Greg freut sich, ein breites Grinsen will nicht aus seinem Gesicht weichen.
Das Buch verkauft sich gut. *Sehr* gut.
»Auf dich ist geschossen worden! Etwas Besseres konnte uns nicht passieren! Jedes Blatt hat dich auf der Titelseite …«
Für mich ist das alles wie ein Traum. Ich sehe mein Gesicht abgedruckt auf den großen Seiten der Londoner Tageszeitungen. Auf mich ist geschossen worden und ich kann mich nicht daran erinnern. Es ist, als habe man mir diese Erinnerung aus dem Gehirn gesägt.
Ich kann mich einfach nicht entsinnen.
Die Wunde heilt schnell. Ein großes Literaturmagazin macht ein Inter-

view mit mir. Sie zahlen für die paar Minuten dumme Fragen beantworten so viel, wie ich in meinem früheren Leben als Hafenarbeiter im Jahr mit harter Arbeit verdient habe. Greg rät mir mich über das Attentat, wie er es mittlerweile nennt, bedeckt zu halten. *So schüren wir die Neugier ...*

Ich bin ein guter Schauspieler. Lasse alles sehr mysteriös aussehen. Die Mitarbeiterin, die das Interview machen soll, ist Mitte zwanzig und sieht etwas liederlich aus. Neugierig auf den ›Star‹.

Sie trägt einen kurzen Rock. Ich streichle über ihre Knie. Sie legt die Brille ab und grinst. Ich gieße uns beiden einen Drink ein. Zehn Minuten später streicht sie zwei Linien feinstes Kokain mit ihrer Kreditkarte glatt. Wir ziehen sie uns in die Nasen, danach vögeln wir.

Ihre Möse ist heiß und ich spritze auf ihren Rock. Sie zieht sich schnell wieder an, macht sich in meinem kleinen Badezimmer zurecht, verschwindet. Ich liege mit weit geöffneten Pupillen auf meinem Bett. Dann hole ich mein Besteck und koche mir eine kleine Portion, die ich mir in die Venen jage, auf.

Die Droge schließt mich sanft in die Dunkelheit ein.

Wegdämmern. Seltsame Lichter am Himmel. Graue Blitze. Donnern. Ich sitze in einem nassen Erdloch, strömender Regen. Der Wind klatscht heftig gegen meine – Uniform. Ich sehe an mir herab. Stiefel, Koppel und der dicke, graue Stoff der Uniform klebt an meiner Haut. Ich trage ein Gewehr an meiner Schulter. Ich sehe mich. Niemand ist hier. Ich bin alleine. Das Donnern wird lauter. Ich rolle mich in diesem schlammigen Erdloch zusammen. Der Regen wird heftiger, zieht einen perfekten stahlblauen Vorhang vor meinen Augen zusammen. Schweigend kauere ich und warte – auf was? Nach einer Ewigkeit höre ich Stimmen. Sie sprechen leise, jedoch laut genug, dass ich sie wahrnehmen kann. Es ist eine fremde Sprache. Ich verstehe sie nicht. Kein einziges Wort. Sie klingt hart und unbarmherzig. Ich mache mich so klein es geht. Ich habe Angst. Mein Herz springt aus meinem Hals. Ich möchte schreien und weglaufen. Doch irgendetwas hält mich ...

Das Klingeln des Telefons weckt mich. Schweiß klebt in meinen Haaren.

Ich bin völlig erschöpft und schleppe mich aus dem Bett. Ich spüre jeden Muskel in meinem Körper. Es ist Gregs Stimme. Ich brauche ein wenig, bis ich begreife, was er mir sagt: *Die Mitarbeiterin des Literaturmagazins – tot aufgefunden in ihrem Apartment – ein Exemplar meines Buches in ihren Händen!*

Ich schmeiße den Hörer hin und erbreche mich.

Alles geschieht völlig ohne Kontrolle.

Greg schreit durch den Hörer.

»Alles in Ordnung … bist du noch da? Was ist da los …?«

Doch ich nehme Gregs Schreie schon nicht mehr wahr. Langsam dämmere ich wieder hinweg.

Wie ein marodes Schiff verlässt mein Bewusstsein den hellen Hafen der Realität und dümpelt in das graue Nass des Traums.

Gestank um mich. Feuchter Gestank, der sich so widerwärtig in meine Nüstern zwängt, dass sich meine Kehle zuschnürt. Kalter Schweiß in den Höhlen meiner Achseln. Meine Glieder zucken.

Ich sehe nur Grau. Ich versuche meine Hände zu bewegen. Es gelingt, jedoch scheint ein riesiges Gewicht auf mir zu lasten. Harte, kalte Dinge, die ich im düsteren Licht nicht klar erkennen kann, drücken gegen meinen eigenen Körper, gegen mein Gesicht. Ich spüre groben Stoff auf meiner Wange, an meinen Lippen. Ich versuche mir mühsam einen Weg zu graben. Ich kriege etwas über mir zu fassen, etwas Langes, Hartes. Es fühlt sich knochig und widerstandsfähig an. Mit aller Kraft ziehe ich daran und dann schieben sich Lichtstrahlen in mein Gesicht. Das Licht ist grell und blendet mich. Ich presse meine Augenlider zusammen und reiße mich aus meinem dunklen Gefängnis. Das Orange des Lichtes schimmert durch meine geschlossenen Lider. Langsam öffne ich sie und wünsche im selben Moment, ich hätte es nie getan. Es gibt Bilder von toten Menschen, die du niemals vergisst. Es gibt Bilder von Gräueltaten, die du niemals vergisst. Doch wenn du aus einem Swimming Pool aus verfaulenden Leichen auftauchst, dann ist das ein permanenter Albtraum, der dich auf Schritt und Tritt verfolgen wird. Du siehst keinen Horizont mehr, sondern nur sich auftürmende Leichen, die wie eine Landschaft direkt vor dir liegen, Berge, Täler, ein Park.

Nur fehlen die saftigen Wiesen und die glänzenden Prunkbauten. Es sind zerfetzte Namenlose, zerrissen von Projektilen, verbrannte Haut, Gedärme, blutig rot. Ich stehe in einem Universum aus stinkenden, verrottenden Kadavern. Ich bin der Mittelpunkt in diesem toten Machwerk. Ich schreie, und schreie, und schreie – doch meine Schreie sind nichts gegen das Rauschen in meinen Ohren.

Ich weiß nicht, wie es weitergehen soll. *Ich werde wahnsinnig.* Mein Tageswerk besteht darin, einfach nicht durchzudrehen. Diese Träume. Ich weiß nicht, wann sie begannen und wo sie enden.

Ich sehe keinen Zusammenhang. Alles ist verwirrend, wie in einem Drogenrausch.

Dann Lärm.

Die Polizei bricht durch die Türe meiner Wohnung. Sie schwärmen in meinen zwei Zimmern aus, wie ein SWAT-Team. Als hätte ich Terroristen im Badezimmer versteckt.

Irgendein massiger Typ in schwarzer Uniform fuchtelt mit einem Stück Papier vor meinen Augen herum und zieht mich hoch. Durch meine Ohren dringen nur Fetzen. Greg kommt nur kurze Zeit später. *Was macht er hier?* Alle reden unaufhörlich. *Die Frau ist tot, wie konnte das passieren?* Meine Fingerabdrücke, mein Sperma, ich habe kein Alibi. Ich werde vorläufig festgenommen.

Ich werde, wie ein Schwerverbrecher, abgeführt.

Sean Donnely sieht mich aus seinen tiefen, eng stehenden Augen an.

»Sie wissen, dass sie ganz beschissen dastehen?«

Ich nicke. Kein Weg führt dran vorbei. Ich habe kein Alibi und ich habe sie als Letzter gesehen.

So werde ich zum Hauptverdächtigen.

Die Zelle ist klein und kalt. Ich liege hier alleine. Mir wurden Fragen gestellt. Ich kann mich nicht an die Fragen erinnern. In meinem Schädel dreht es sich. Fragen. An was ich mich erinnere. Ich erinnere mich an den Ausdruck in ihren Augen. Wie sie mich ansah, als sie aus meiner Haustüre glitt. Erinnere mich an ihre warme Haut. Dann beginnt sich alles in meinem Kopf zu drehen.

Ich erbreche mich … direkt auf ihre Unterlagen.

Akten, wichtige Akten eingepackt in beigefarbene Ordner.

Sie stoßen mich verärgert weg.

Sean Donnelly glaubt nicht, dass ich etwas damit zu tun habe.

Er sagt es nicht, doch ich spüre es.

Er traut es mir nicht zu.

Nach endlosen Stunden wieder Handschellen aus Plastik.

Ihr Kaffee ist dünn und ich habe keine Zigaretten mehr. Mir wird alles abgenommen.

Nun liege ich hier und fühle mich stumm. Es ist hell, doch ich weiß, in weniger als zehn Minuten werden die grellen Neonröhren mit einem lauten Klacken ausgehen. So stelle ich mir das vor.

Und dann ist da wieder Dunkelheit, vor der ich mich zu fürchten beginne. Wie ein Kind fürchte ich mich. Ein Monster, das dir die Augen auskratzt, unter deinem Bett. Etwas auf dem Weg zur Toilette wird dir deinen kleinen, weichen Hals aufschlitzen. Es schält sich ein Schatten aus der Dunkelheit und dringt in deinen Kopf ein. Es zerschneidet dich von innen, frisst sich von innen aus dir heraus und wird dich als kranker Abort verlassen. Ein fetter, schleimiger Wurm, der sich durch dein Hirn gefressen hat wie durch einen morschen, faulig weichen Apfel.

Ich hole Luft, konzentriere mich darauf, nicht die Augen zu schließen. Müdigkeit, die dich übermannt, ist ein süßes Gefühl. Nicht, wenn deine Träume Rasierklingen sind, die sich rotierend in deinen Verstand schneiden.

Mein Puls schlägt wie eine Turmuhr in meinem Hals.

Ich sehe Blut. Ich rieche Blut. Ich will mir die Hände vor das Gesicht halten; doch ich habe keine Hände mehr. Stümpfe. Stümpfe sind alles, was mir bleibt. Stümpfe aus rohem Fleisch und gebrochenen Knochen. Dann kratzt es auf meiner Kopfhaut. Etwas ritzt sich in meinen Schädel. Ich spüre keinen Schmerz. Nur Blut pumpt wieder durch meinen Hals und ich höre es in meinem Körper schlagen, heftig, hart und unbarmherzig. Ich spüre Druck in meinen Ohren, ein Rauschen, das nicht aufhört und alles andere verschluckt. Dann plötzlich verschwindet das Rauschen und aus dieser Kakophonie höre ich: Schreien. Ein gellendes, ausuferndes Schreien. Ich reiße meinen Kopf herum, etwas knackt in meinem Körper, ich suche hastig ... und dann merke ich: Ich bin der, der atemlos schreit. Ohrenbetäubend laut. Panik. Ich kann mich nicht bewegen. Kalte Stahlstangen durchbohren meinen Körper. Ich sehe sie, wie sie, Stacheln gleich, meinen Körper durchbohrt haben. Meine Knochen sind geborsten. An meinem Muskelfleisch aufgehangen, schwebe ich in der Luft wie ein gekreuzigter Heiland. Ich spüre, wie etwas an mir reißt. Es fühlt sich an wie in einem Fußballspiel – jemand reißt dich an deinem Trikot herunter, stoppt dich. Ruckartig wird es stärker. Und dann bin ich das kleine Kind, das auf der Straße liegt. Ich steige aus meinem Körper heraus, ein Geist auf Astralreise. Meine Augen wie kleine Kameras, die sich auf Fahrt befinden: Sie filmen grobschlächtige Gestalten, die graue Masken tragen. Die Masken zeigen, anstelle ihres Gesichtes, schwarze Spiegel. Die Gestalten bewegen sich wie Roboter. Gehüllt in strahlend weißen Overalls, mechanische Bewegungen. Sie schneiden mit gekrümmten, glänzenden Klingen an mir herum. Meine Haut blättert ab wie das Laub eines Baumes im Herbst. Ich erstarre. Kleine Perlen schwirren durch die Luft und prasseln sanft auf mein Gesicht. Es ist mein eigenes Blut, das auf mich tropft.

Sie reißen mir die Haut vom Leib, langsam, mit routinierten Griffen. RatzRatzRatz.

Wie eine Schere, die Stoff schneidet, wie ein Blatt Papier, das reißt.

Ich bin reines, rotes Muskelfleisch, aufgehangen und gen Himmel blikkend, auf Erlösung wartend.

Doch nichts passiert.

Ich wache auf. Alles schmerzt. Mein ganzer Körper ist schweißgebadet. Mein Blick ist verschleiert. Ich kann nichts sehen. Langsam wird alles klarer. Helles Licht, das mich stark blendet. Ich will mir die Hände vor das Gesicht halten; doch ich habe keine Hände mehr. Stümpfe. Stümpfe sind alles, was mir bleibt. Stümpfe aus rohem Fleisch und gebrochenen Knochen. Dann kratzt es auf meiner Kopfhaut. Etwas ritzt sich in meinen Schädel. Ich spüre keinen Schmerz. Nur Blut pumpt wieder durch meinen Hals und ich höre es in meinem Körper schlagen, heftig, hart und unbarmherzig. Ich spüre Druck in meinen Ohren, ein Rauschen, das nicht aufhört und alles andere verschluckt. Dann plötzlich verschwindet das Rauschen und aus dieser Kakophonie höre ich: Schreien. Ein gellendes, ausuferndes Schreien. Ich reiße meinen Kopf herum, etwas knackt in meinem Körper, ich suche hastig … und dann merke ich: Ich bin der, der atemlos schreit. Ohrenbetäubend laut. Panik. Ich kann mich nicht bewegen. Kalte Stahlstangen durchbohren meinen Körper. Ich sehe sie, wie sie, Stacheln gleich, meinen Körper durchbohrt haben. Meine Knochen sind geborsten. An meinem Muskelfleisch aufgehangen, schwebe ich in der Luft wie ein gekreuzigter Heiland. Ich spüre, wie etwas an mir reißt. Es fühlt sich an wie in einem Fußballspiel. Jemand reißt dich an deinem Trikot herunter, stoppt dich. Ruckartig wird es stärker. Und dann bin ich das kleine Kind, das auf der Straße liegt. Ich steige aus meinem Körper heraus, ein Geist auf Astralreise. Meine Augen wie kleine Kameras, die sich auf Fahrt befinden: Sie filmen grobschlächtige Gestalten, die graue Masken tragen. Die Masken zeigen, anstelle ihres Gesichtes, schwarze Spiegel. Die Gestalten bewegen sich wie Roboter, gehüllt in strahlend weißen Overalls, mechanisch. Sie schneiden mit gekrümmten, glänzenden Klingen an mir herum. Meine Haut blättert ab, wie das Laub eines Baumes im Herbst. Ich erstarre. Kleine Perlen schwirren durch die Luft und prasseln sanft auf mein Gesicht. Es ist mein eigenes Blut, das auf mich tropft.

Sie reißen mir die Haut vom Leib, langsam, mit routinierten Griffen. RatzRatzRatz.

Wie eine Schere, die Stoff schneidet, wie ein Blatt Papier, das reißt.

Ich bin reines, rotes Muskelfleisch, aufgehangen und gen Himmel blickend, auf Erlösung wartend.

Doch nichts passiert.

Eine endlose Serie. Immer und immer wieder. *Immer und immer wieder*. Diese Schleife ist meine Realität und sie dreht sich unaufhörlich. Schmerzen bekommen eine neue Dimension, denn ich erleide Schmerzen, die ich für unvorstellbar gehalten habe – immer wieder und wieder. Mir wird bei lebendigem Leibe die Haut abgezogen und ich höre, wie es knirscht, wenn die Schichten von meinem rohen Fleisch gezogen und zu kleinen feuchten Ballen zusammengedrückt werden.

Es klingt wie nasses Papier, das du zwischen deinen Händen reibst. Ich höre eine süßliche Stimme, die sich zwischen diese rotierende Geräuschhölle mischt.

Doch es ist nur die Ewigkeit.

Crash Diet

Ich sage dir eins, und das sage ich dir als Mann, der weiß, wovon er redet. *Scheiß auf Diäten.*

Diäten machen dich *fertig.* Zeig lieber etwas mehr Speck auf den Rippen, sag Ja zum Doppelkinn und zu hohem Cholesterinspiegel. Friss Burger, Fritten, Süßigkeiten in dich rein, bis dir der Bauch zerbirst. Aber mach bloß keine Diät. Diäten machen dich zum Sklaven deiner selbst. Dir knurrt ständig der Magen, dir wird schlecht, du hast nichts anderes im Kopf als Essen. Es ist die Prämisse eines jeden Tages: *Durchhalten. Dich nicht voll fressen.* Und dann wollen die Kilos nicht schwinden. Du probierst alles. Die Ananas-Diät. Die Eiweiß-Diät. Die Atkins-Diät. Alle haben Vor- und Nachteile. Bei der einen passiert nichts. Bei der anderen gerät dein Körper in Ketose und du beginnst zu stinken wie ein Affe. Irgendwann bist du wieder so fett wie vorher. Ernährungsumstellung, langfristig, sagen die Experten.

Die sollen mich am Arsch lecken. Und das sagt dir ein Mann, der weiß, wovon er redet.

Ein Mensch hält ungefähr sechs Wochen durch. Sechs Wochen ohne Essen. Dein Körper nutzt binnen der ersten drei Tage sämtliche Glucose-Reserven auf. Glucose ist der Brennstoff deiner Muskeln, du nimmst ihn durch Kohlenhydrate in deinen Körper auf. Dann ist das Fett dran. Jeder Athlet bekommt jetzt eine Erektion, denn ab sofort benutzt dein Organismus nur noch Fett als Energielieferant. Du nimmst ab. Radikal. Der Körperfettanteil sinkt drastisch. Dein Speichel schmeckt beschissen, dein Schweiß stinkt nach Tier. Dein Körper macht eine ketogene Phase durch. Sechs Wochen, dann drehen deine Zellen durch und verwerten das Muskelgewebe *direkt. Du stirbst.* Das ist das Endresultat.

Ich bin jetzt seit vier Wochen hier, oder das, was ich dafür halte. In diesem dunklen Loch. Wie ich hier hingekommen bin? Keine Ahnung. Ich hole meinen Kaffee jeden Morgen bei *Tim Hortons* unten an der Elm Street, seit siebzehn verdammten Jahren. Ihr denkt jetzt alle an diese Filme, *Nightmare on Elm Street,* das kommt durch den Straßennamen. Aber das ist reiner Zufall. Ich habe keinen dieser Filme gesehen. Ich mag keine Horrorfilme, habe ich noch nie. Ich mag kleine, europäische Filme. Filme mit Aussage und Inhalt. *Alejandro Jodorowsky.* Surrealistische Meisterwerke. Subtilen Humor. Nicht dieses Leinwandchaos aus Hollywood. Mein Gott! Das sind Filme für Spätpubertierende. Filme sollten Spiegel der *Realität* sein.

Wie konnte dann Vin Diesel einer der bestbezahltesten Schauspieler werden?

An dem dunklen Morgen, an dem sich mein Leben ohne mein Zutun drastisch änderte, drehte sich in meinem Kopf eine Endlosschleife, eine Art Melange aus dem letzten Truffaut Film, den ich am Abend zuvor gesehen hatte, und den flüchtigen Eindrücken dieser miesen Charaktere, die vor dem 8 Motel herumhingen. Ich komme aus dem Coffee Shop mit einem doppelten schwarzen Kaffee. Der Kaffee riecht gut. Ich weiß nicht, wie sie es genau hin bekommen, aber er riecht irgendwie frischer als sonst wo.

Und dann Filmriss.

In der Tat.

Ich wache in einem dunklen Raum auf.

Ich kann nicht sagen, dass ich Schmerzen habe.

Ich bin nicht gefesselt, kann mich aber dennoch nur eingeschränkt bewegen.

Das ist ein Rätsel für Sherlock Holmes, oder nicht? *Und?* Kannst du es lösen? Was zählt, ist reine Mathematik. *Fakten.* Ich habe eine ganze Woche gebraucht. Es gilt, die *richtigen* Fragen zu stellen. Keine geschlossenen Fragen, die man ausschließlich mit Ja oder Nein beantworten kann. Sondern offene Fragen, die den Befragten zu mehr Auskunft zwingen sollen, als er eigentlich bereit ist, zu geben. Profis nennen es die ›Trichtertechnik‹. Wie in einem Trichter wird es für den Befragten immer enger, je länger er befragt wird. Bis er auf dem Grund des imaginären Trichters gefangen ist und man bei der Wahrheit angelangt ist.

Ich bin in einem dunklen Raum und ich kenne diesen Raum nicht.

Es ist dunkel und absolut still.

Ich bin nicht verletzt und ich habe keine Schmerzen.

Ich bin nicht gefesselt. Das, was mich einschränkt, ist ein Geschirr aus Leder.

Das ist der erste Eindruck. Er sickert langsam in mein Gedächtnis. Zwei Tage sind eine gute Zeit, um zu *realisieren*. Realisieren bedeutet in diesem, *meinem Fall,* zu begreifen, dass es sich nicht um einen schlechten Scherz deiner Arbeitskollegen handelt.

Ein Tag wäre schon derber, schwarzer Humor gewesen, und jeder, der sich diesen Spaß mit dir erlaubt hätte, wüsste, dass er ein paar heiße Ohren von dir verpasst bekommen würde.

Nackt in einem Ledergeschirr, wie ein Stück Vieh in einem dunklen, feuchten Raum aufgehangen.

Du bist ein Gefangener.

Am zweiten Tag sind jegliche Zweifel verflogen.

Das hier ist ernst.

Das Licht wird nicht angehen und kein Moderator einer dämlichen Quizsendung wird in der Türe erscheinen und sagen: »Sie haben gewonnen!«

Du bist ein Gefangener.

Der Status des Gefangenen zeichnet sich vor allem durch eine gewisse Immobilität aus.

Ein Raum, der abgeschlossen ist und in dem man dich abschließt.

Aus dem Schwarz wird ein Grau.

Meine Augen schalten langsam um und gewöhnen sich an die Dunkelheit.

Nasse Wände aus brüchigem Beton.

Meine Schreie hallen von diesen Wänden wider.

Und das ist erst mal alles, was passiert.

Man verliert schneller das Gefühl für Zeit, als man denkt.

Es dauert circa drei bis fünf Tage.

Man verliert schneller das Gefühl für den Tagesrhythmus, als man denkt.

In absoluter Dunkelheit dauert es circa fünf bis sieben Tage.

Nach sieben Tagen beginnt mein Körper zu rebellieren.

Gewaltig.

Die Zellen haben alles verbrannt.

Ich bin trocken, wie ein Fisch ohne Wasser.

Mein Harndrang hat sich verselbstständigt, Urin sickert an meinen Beinen herunter und brennt scharf auf meiner Haut.

Mein Körper entledigt sich nun den letzten Bitterstoffen, dem letzten Treibstoff.

Dem ganzen Gift von vierzig Jahren auf diesem Planeten.

Ich scheiße mich an.

Das passiert unwillkürlich.

Der Schließmuskel verkrampft und lockert sich in unregelmäßigen Abständen.

Das Ergebnis ist simpel.

Ich scheiße mich an.

Dabei ist mein Kot nichts weiter als eine klitzekleine, braune Hot Dog Wurst.

Ein feucht glänzendes Häufchen, das aus meinem Arschloch gleitet, wie ein Zäpfchen, benetzt mit dem wahrscheinlich allerletzten Tropfen kristalliner Flüssigkeit meines Körpers.

Die Würstchen sind so schmal, dass sie einfach aus meinem After fallen, ähnlich wie bei einer Kuh, die kauend auf der Wiese steht und mit ihren Exkrementen die Umwelt belastet.

Es gibt kein vergleichbares Gefühl auf diesem Planeten.

Es gibt kein vergleichbares Gefühl in deinem Leben, als sich in einer dunklen Kammer selber anzuscheißen.

Und dich dabei unendlich alleine zu fühlen.

Ich wünschte mir, Silver wäre da oder Emma.

Ich wünschte mir, sie würden mir zusehen, wie ich mich selber anscheiße.

Wie ich hilflos in diesem Ledergeschirr hänge und abwechselnd auf panischen und schlussendlich apathischen Wellen dahinsurfe.

Nur nicht allein sein.

Als ich denke: *Alles ist aus.*

Höre ich sie.

Wahnsinn.

Das kleinste fremde Geräusch bringt meinen Verstand fast zum platzen.

Jemand öffnet eine Luke oder einen Einstieg zu diesem Raum.

Er liegt hinter mir und ich kann nichts erkennen.

Kein Licht.

Ich dachte immer, nach ein paar Tagen in der Dunkelheit würden einem beim kleinsten Lichtstrahl die Augen wie *wahnsinnig* schmerzen.

Doch ich sehe nur leichtes Grau.

Das ist alles.

Grau.

Und nichts schmerzt.

Jemand spricht mit mir.

Ich orte diese Stimme von direkt hinter meinem Rücken.

Ich bin der Meinung, ich bin verrückt.

Völlig verrückt.

Ich habe als Jugendlicher auf einem Roadtrip mal feinstes LSD genommen. Das war 1977. Der Typ, von dem ich es bekam, sagte, es entstamme direkt dem Labor von Owsley.

Das Ergebnis war ein Horrortrip der ersten Güte.

Potenziere den schlimmsten Trip, den du dir vorstellen kannst – *mit riesigen Insekten, die unter deiner Haut herumkriechen und dich langsam auffressen, Maden, die von den Wänden fallen und Staub, der zu dir spricht* – mal zehn und du fühlst dich, wie ich mich zu diesem Zeitpunkt gefühlt habe.

Ich war an der Grenze.

Wenn du die Grenze einmal überschritten hast, dann wirst du dich wie die Autos nach der Verfolgungsjagd in *Bullitt* fühlen.

Darauf wette ich.

Dort war ich angelangt.

Und diese Stimme fragt mich.

Willst du was essen?

Das ist doch banal, oder?

Es ist nicht nur banal. Es ist absolut *unpassend.*

Ohne eine bestimmte Motivation.

Einfach nur: *Willst du was essen?*

Keine Erklärung.

Keine offene Fragetechnik.

Kein Wieso, Warum, Weshalb?

Nur diese vier Worte.

Meine Ohren lechzen nach dieser verzerrten Stimme.

Mein brach liegendes Gehirn wird stimuliert und ich bekomme eine spontane Erektion.

Narkotika lassen sich in vier Gruppen einteilen:

Hypnotika, Analgetika, Muskelrelaxianten und reflexdämpfende Mittel. Ferner unterscheiden sie sich in der Darreichungsform: Gase und Dämpfe oder via Injektion.

Ich bekomme eine Injektion.

Ich sehe es nicht.

Ich spüre sie nur.

Das Geschirr um meinen Kopf und um meinen Rumpf zieht sich automatisch fester.

Nachdem ich »Ja« gesagt habe, bekomme ich sie.

Ein kleiner, unschuldiger Pieks in den Nacken.

Und ich sagte »Ja« nur in der Hoffnung, dass ich weiterhin Geräusche wahrnehmen kann, nein *darf.*

Weiterhin das Gefühl zu haben, nicht alleine zu sein.

Alleine in dieser dunklen Zelle.

Also sagte ich: *»Ja ich habe Hunger!«*

Ich höre, wie meine Stimme klingt, kaputt von all dem sinnlosen Schreien.

Doch wenigstens sagt sie etwas *Normales.*

Und dann bekomme ich die Injektion.

Nach ein paar Sekunden flattern meine Augenlider.

Dann bin ich ohnmächtig,

Wenn du glaubst, an einem Fuß ist viel dran, dann täuschst du dich.

Nicht einmal der fetteste Mensch der Welt hat sehr viel Fleisch an seinem Fuß. Würdest du diese kleinen, mageren Scheibchen zu Hackfleisch verarbeiten, du würdest mit viel Mühe einen kleinen, beschissenen Hamburger herausbekommen, nicht mehr.

Aber das ist nicht die Frage.

Die Frage ist: *Wenn du seit zehn Tagen nichts gegessen hast und nicht weißt, wann und ob du überhaupt noch einmal etwas zu essen bekommst, was machst du dann?*

Nehmen wir an, du wärst in derselben Situation wie ich.

Vier kalte Wände.

Dunkelheit.

Stille.

Zehn Tage, oder das, was ich für zehn Tage halte.

Dein Körper verkrampft sich und zuckt.

Du halluzinierst.

Du wirst langsam aber sicher wahnsinnig.

Ich wette, du sagst dasselbe, wie ich.
Du sagst: *Ja*.
Aber das ist nicht die Frage.
Die Frage ist nicht: *Was hättest du an meiner Stelle getan?*
Wichtig sind nur die Fakten.
Und Fakt ist:
Ich habe *Ja* gesagt.

Wenn du dich mal umhörst, dann ist es gar nicht so selten. Jeder kennt mindestens eine Geschichte darüber. Stephen King hat darüber geschrieben. Jeder kennt zumindest diese Geschichte von dem Rugby-Team, das über den Anden abgestürzt ist und das dann das Fleisch ihrer tiefgefrorenen Teamkameraden über dem offenen Feuer gegrillt hat. *Der Mensch braucht Proteine*. Was ich mich immer frage: *Wie läuft so was ab?* Wen schlachtest du als Erstes? In so einem Team gibt es eine strenge Hierarchie. Also wen wählst du als Erstes aus? Wartest du mit dem Verspeisen deines Teamkapitän aus Respekt vor seiner anerkannten sportlichen Leistung, bis es keine andere Möglichkeit mehr gibt? Schneidest du zuerst dem schlechtesten Verteidiger der letzten Saison die Steaks von den durchtrainierten Rippen? Dem kleinen Wasserträger? Dem für das Teamgefüge unwichtigen Physiotherapeuten? Deinem verhassten Trainer, weil er dein Talent nie in seiner Taktik berücksichtigt hat?

Ganz egal.

Irgendwann ist es das erste Mal. Irgendwann musst du irgendwem das rohe Fleisch vom kalten Körper schneiden. Und es muss schnell gehen, bevor es verfault.

Wir kauen in unserem Leben tausend Mal das Fleisch von irgendeinem anonymen Tier.

Rind. Schwein. Huhn.

Wir zermalmen es zwischen unseren Zähnen und schlucken es, wie selbstverständlich.

Wir braten es in Öl und Fett und wenden es nach ein paar Minuten auf die andere Seite, weil wir zu sehr Neuzeitmensch sind und unsere Mägen das rohe Fleisch nicht mehr vertragen.

Das wissen wir.

Ich wache aus der Narkose auf und ich merke es sofort.

Es ist wie das Gefühl zu wissen, dass man nicht alleine in einem Raum ist.

Dass dort ein paar Augen sind, die dich beobachten.

Etwas fehlt.

Und nun folgen wir wieder einer inneren Logik.

Wir haben weit ausgeholt und sind vom Erzählstrang abgeschwiffen.

Haben vermeintlich den roten Faden verloren.

Doch hier fangen wir wieder von vorne an.

Wenn du glaubst, an einem Fuß ist viel dran, dann täuschst du dich.

Richtig.

Mein rechter Fuß ist amputiert worden.

Ich denke zuerst, er ist noch da, aber das ist er nicht.

Es ist nur dieses Phantomgefühl.

Du denkst sogar, dass du spürst, wie du ihn bewegen kannst.

Könntest.

Kannst du aber nicht.

Ätsch!

Er ist nicht da, wo er sein sollte.

Er liegt vor dir auf einem weißen Teller.

Angemacht mit geschmorten Zwiebeln und garniert mit Zitronenscheiben.

Ein Stillleben nach Paul Bocuse.

Was glaubst du?

Was glaubst du passiert, wenn diese Tatsache langsam in deinem Bewusstsein sackt?

Wenn du *realisierst.*

Vergiss nicht, es geht um FAKTEN.

In der Kirche bringen sie dir bei, dass du Christi Blut trinkst und seinen Leib isst. Es gibt *echte* Gläubige, die fest davon überzeugt sind, dass die beschissenen, klebrig weißen Oblaten, die dir der Pfaffe in den Rachen drückt zu einem Stück *Jesu Christi* werden.

Was glaubst du?

Ist das so?

Glaubst du an die Metamorphose einer Esspapieroblate zu einem echten Stück von Jesus Christi' Fleisch?

Ich würde diese These als etwas gewagt betrachten.

Mit einer guten Portion Skepsis sozusagen.

Aber mit meinem amputierten Fuß verhält es sich etwas anders.

Es ist mein Fuß.

Er hat mir gute Dienste geleistet.

Und nun liegt er auf einem weißen Teller vor mir.

Fein säuberlich, bis zum Knöchel abgetrennt.

Ich kann den Schnitt an meinem eigenen Körper nicht *sehen,* dazu ist das Ledergeschirr zu eng gespannt.

Ich beginne mich zu fragen, wie sie es gemacht haben.

Wie haben sie mir meinen verdammten Fuß amputiert?

Wir sind schließlich nicht in einer Klinik oder in einem Krankenhaus.

Wir sind in einem verlassenen, dunklen Loch mitten im Nirgendwo.

Nehme ich an.

Und weiß, dass das nichts bedeutet.

Allerdings sind die saftigen Zwiebeln und die Zitronenscheiben eine nette Garnitur für meinen gebackenen Fuß. Gastronomiekritiker würden dieses Gericht sehr wahrscheinlich als *sommerlich* bezeichnen.

Dieser Fuß war mit meinem restlichen Körper verbunden an einigen exotischen Plätzen dieser Erde; *dem Great Barrier Reef, den Steppen Südafrikas, den Stränden von Los Angeles.*

Er lag mit einigen tollen Frauen im Bett.

Er kam in den Genuss eines Paares handgemachter, italienischer Schuhe.

Ihn umwehte der Perlen gleiche Sand der karibischen Inseln. *(Ich gewann diese Reise bei einem Ausschreiben – vier karibische Inseln in einer Woche).*

Wir erlebten sozusagen eine Menge guter Dinge zusammen.

Und nun liegt er auf diesem Teller und *riecht* einfach gut.

Kennst du das Gefühl, wenn dir richtig das Wasser im Munde zusammenläuft?

Wie dein gesamter Körper, dein ganzer Organismus sich auf die bevorstehende Nahrungsaufnahme umprogrammiert?

Und hier in diesem Moment lerne ich, dass es tatsächlich immer ein erstes Mal gibt.

Ein erstes Mal Sex.

Ein erstes Mal einen guten Film ansehen.

Ein erstes Mal die Geschwindigkeitsbegrenzung überschreiten.

Ein erstes Mal betrunken sein.

Ein erstes Mal die Unterschrift deiner Eltern auf einer Verwarnung deiner Schule fälschen.

Ein erstes Mal deinen amputierten Fuß essen wollen.

Und dich wirklich, und ich meine *wirklich,* zu *ärgern*, dass du ihn jetzt nicht sofort essen kannst.

Weil du in diesem verdammten Geschirr hängst.

Du würdest es jetzt wirklich gerne tun.

Ihn genießen.

Vielleicht mit einem kühlen Glas Weißwein.

Du spürst erst jetzt, genau in diesem Moment, wie sehr dich dieses verdammte Ledergeschirr fesselt.

Wie sehr es dich aufhält.

Aufhält vor dem Genuss von diesem lecker duftenden Gericht, das nichts anderes ist als dein eigener Fuß.

Und plötzlich spürst du diesen Ruck in deinen Armen.

Es sind keine Knochen, die brechen.

Es sind keine Knochen, die brechen.

Es ist das, was du dir in der allerletzten Kammer deines Gehirns sehnlichst gewünscht hast.

Es ist das Ledergeschirr, was dir einen Meter mehr Raum gibt.

Genau den Meter, den du brauchst, um an den Teller zu kommen.

Gut.

Das ist es, was du wissen willst.

Es schmeckt gut.

Die Frage ist: Was schmeckt nach über zehn Tagen – *oder das, was ich dafür halte* – nicht gut?

Du kriechst über den kalten Beton des Bodens und machst dich über das gerade noch lauwarme Essen her.

Du stellst fest, dass du genauso schmeckst wie ein etwas zähes Stück Rind.

Nicht so süß, wie alle behaupten.

Und du stellst fest, dass an dir nicht viel dran ist.

Eine traurige Erkenntnis, denn du hättest gerne etwas mehr Fleisch gehabt.

Doch, wie bereits gesagt: *Wenn du glaubst, an einem Fuß ist viel dran, dann täuschst du dich.*

Dann stellst du dir die Frage, wie du wohl schmecken würdest, wenn du nicht rauchen würdest?

Weniger Bitterstoffe in deinem Gewebe ablagern würdest.

Weniger Kaffee.

Weniger Hülsenfrüchte.

Mehr Eiweiß.

Du bist sauer auf diesen ganzen Fitnesswahn, den sie euch in den Medien beibringen und weismachen wollen.

Im richtigen Moment ist es eine verdammte Lüge.

Im richtigen Moment wärst du besser dran gewesen als menschlicher Mülleimer.

Als wahre Fressmaschine.

Wir wissen, nur die Fakten zählen.

Und Fakt ist, fette Menschen überleben länger.

Und das nur aufgrund ihrer Fettschicht.

Ihren mühsam angefressenen Speckrollen.

Du lachst, aber es ist die Wahrheit.

So einfach.

Und nebenbei: Sie hätten *länger* etwas von sich selber.

Fett ist ein Geschmacksträger.

Ein schwabbeliger Arm in einer krustigen Panade, serviert mit einem kühlen, grünen Salat.

Ein aufgequollenes Bein, gegart in einer Zwiebelsauce.

Eine würzige Schwarte auf gedünstetem Gemüse.

Alles wäre möglich.

Bauchspeck auf glasiertem Brokkoli.

Hirn serviert mit Trüffeln.

Gedünstete Leber mit Äpfeln.

Die Variationen sind *unzählig.*

Mein geistiges Tagebuch zeichnet auf: Nach meinem Fuß ist das an der Reihe, was man bei einem Mastschwein als Haxe bezeichnen könnte.

Eine Injektion später wache ich ohne Wade und Schienbein auf.

Mein unteres Bein schwimmt in einer weißen Auflaufform aus Porzellan und saugt sich voller Terrine.

Ich sehe Tomaten und Silberzwiebeln wie kleine Schiffe über die braune Soße gleiten.

Mein geistiges Tagebuch notiert: Es ist 19 Tage her, seitdem ich meinen Fuß wohlwollend verspeist habe.

Ich bin abgemagert und sehe aus wie einer dieser Auschwitzüberlebenden.

Auf den originalen Fotos aus den Konzentrationslagern sehen ihre Schwänze immer riesig aus.

Das liegt daran, dass der Rest ihres Körpers so abgemagert ist, dass sämtliche anatomischen Relationen ausgehebelt sind.

Ihre Schwänze wirken so groß, weil sie sonst nur noch die bloße Dermis an ihren Knochen hängen haben.

So weit ist es mit mir noch nicht. *Aber bald.*

Nur kann ich nicht von mir behaupten, ein KZ-Überlebender zu sein.

Ich bin hier in meinem eigenen kleinen Konzentrationslager gefangen.

Es gibt eine ganze Reihe dokumentierter Fälle von Kannibalismus.

Jeffrey Dahmer.

Peter Kürten, der Vampir von Düsseldorf.

Fritz Haarmann, der die kleinen Jungen, die er verschleppt hat, zu Würstchen weiterverarbeitet hat.

Die Würstchen hat er in seiner Metzgerei verkauft.

Sie wurden zu einem Verkaufsschlager.

Die Rugbymannschaft in den Anden.

Der Kannibale von Rothenburg.

Unzählige Fälle.

Mehr oder weniger spektakulär. Und immer begleitet von einem Raunen der Öffentlichkeit.

Wenn Menschen Menschen essen, dann hat das immer etwas seltsam Spirituelles.

Man kann das nicht genau beschreiben, wenn man es nicht erlebt hat.

Menschenfleisch stellt ein Tabu in unserer modernen Gesellschaft dar. Und es ist ganz einfach warum; weil wir Angst vor dem Archaischen haben.

Vor dem, von dem wir glauben, es bereits vergessen zu haben.

Macht dir allein dieser Gedanke nicht schon *etwas* Angst?

Ein leichtes Prickeln in deinem leicht vom Schweiß angefeuchteten Nacken?

Was glaubst du?

Was haben wir vergessen?

Weißt du, was passiert, wenn Metzger auf dem Land ihr Vieh zur Schlachtbank führen und es schächten?

Ich meine nicht einfach mit einem Bolzenschussgerät das Tier distanziert *töten,* sondern ihm mit eigener Hand und einem scharfen, sichelmondförmig gebogenen Messer die Kehle durchschneiden?

Sie halten einen großen Becher unter die geöffnete Kehle des zuckend verendenden Tieres und trinken das warme, dickflüssige, dunkle Blut.

Einen halben Liter Blut verkraftet dein Organismus, bevor dir schlecht wird.

Nach nur einer Tasse wirst du aggressiv.

Der eisenhaltige Geschmack des Blutes und die rohe Gewalt des Schlachtens wecken etwas in dir.

Etwas, was sie dir in keiner BBC Sendung erklären können.
Etwas, dass tief schlummert.
Aber es ist da.
Was, glaubst du, haben wir vergessen?
Wenn wir all diese gesellschaftlichen Instanzen nicht hätten.
Die Zivilisation.
Was würde dann zum Vorschein kommen?
Was macht uns denn eigentlich zu einem zivilisierten Menschen?
Die tägliche Dusche?
Dreimal am Tag Zähne putzen?
Sich nach dem Scheißen den Arsch abwischen?
Verhütungsmittel benutzen?
Die Nachrichten ansehen?
Vielleicht.

Aber eigentlich bedeutet es, dass wir uns an Regeln und Gesetze halten, die wir nicht selber geschaffen haben.

Und somit sind wir nichts weiter als dressierte Affen im Zoo.

Wir sind konditioniert und hinterfragen nicht die Mechanismen, nach denen wir so gut funktionieren.

Wir sind einfach … *zivilisiert.*

Wenn ich dir sage, dass es früher die Regel war, dass Menschen Menschen gegessen haben und du nur eine verfeinerte Version dieser Menschenfresser bist, die Version 2.0 quasi, wird dir dann schlecht?

Deine Vorfahren haben ihren Samen weit gestreut und damit deine Existenz in der Zukunft gesichert und nebenbei ihre toten Familienmitglieder auf dem heißen Stein gebraten.

Das ist dir doch klar?

Wenn ich dir sage, dass die in der ganzen Welt ach so beliebten und unterdrückten Aboriginies auf dem australischen Kontinent bis heute Kannibalen geblieben sind, findest du dann ihre schön bunten Muster immer noch so toll?

Die exotisch anzusehenden Wilden von Papua-Neuguinea mit dem Knochenstück durch die Nase, bei deren Anblick wir sofort an die ›Meuterei auf der Bounty‹ denken müssen.

Oh ja, die Südsee.

Kopfjäger und Kannibalen.

Die würden deinen Burger mit Röstzwiebeln getrost stehen lassen und eine saftige Keule aus dem Unterbein deines Nachbarn jederzeit vorziehen.

Es liegt in uns.

Es ist Teil unserer Natur.

Ich kann dir sagen, mein eigenes Unterbein schmeckt recht fade.

Das Muskelfleisch ist sauer und zäh und riecht wie eine Mischung aus feuchtem Hundefutter und kalt gewordenem Paraffin. Da nützen keine würzige Terrine und auch keine Silberzwiebeln noch irgendetwas.

Der Geschmack bleibt fade.

Ich spüre eine Kanüle an meinem Hals.

Ich spüre eine Flüssigkeit, die durch meine Haut regelrecht eingesogen wird.

Ich fühle mich wie ein Koma-Patient.

Künstlich ernährt.

Wie das angeschossene Tier einer sehr seltenen Spezies.

Erfahrene Jäger wissen das: Du tötest ein Tier in freier Wildbahn am besten mit einem gut gezielten Schuss in das Herz oder den Kopf. Verletzt du das Tier bloß, sagen wir am Lauf oder am Rumpf, dann wird es massenweise Endorphine und Adrenalin in seine Nervenbahnen pumpen, die dann das Muskelfleisch verderben. Das Fleisch wird binnen weniger Sekunden ungenießbar.

Die Fettschicht meiner Wade ist kross und braun und sie knackt, wenn ich an ihr kaue und beiße, aber trotzdem bleibt der Geschmack steril.

Es schmeckt *gelogen.*

Die Lebensmittelindustrie erzeugt in den Medien permanent die Illusion eines bestimmten, sinnlichen Eindrucks*; ein saftiger, roter Apfel, ein nett dekorierter Burger, ein knackig grüner Salat mit Krebsfleisch.*

Sie bedrucken riesige Werbetafeln mit professionell arrangierten Fotos dieser Nahrungsmittel und lassen sie direkt an Autobahnraststätten aufstellen.

Sie drehen einen Minutenspot, wie ein extrem gut aussehendes Pärchen auf dem Thomasplatz in Venedig ein paar Bissen irgendeiner ihrer neuen Köstlichkeiten verzehrt.

Sagen wir, sie räkeln sich lasziv im Sonnenuntergang und verspeisen ein paar Bruchetta belegt mit Champignons und Parma-Schinken.

Dasselbe Pärchen könnte auch in einer Parfümwerbung auftauchen.

Oder in einer Werbung für Autos.

Egal.

Dieser Spot läuft zur besten Sendezeit, genau dann, wenn du wahrscheinlich gerade mit deiner Familie vor dem Fernseher sitzt und dein drei Minuten Fertiggericht aus der Mikrowelle verspeist, weil deine Ehefrau wieder Überstunden machen musste und keine Zeit hatte zu kochen.

Wenn du jetzt in deinem weichen und labbrigen Reis, der in dieser undefinierbaren, hellbraunen Soße schwimmt, herumstocherst und dann diesen Spot siehst …

Wenn dein Cordon bleu ein Stück Gummi wird, das dir einfach nicht den Gaumen herunterrutschen will und du dann diesen Spot siehst …

Irgendwann stehst du in einem Supermarkt.

In einer Tankstelle.

An einer Autobahnraststätte.

Und da liegen sie:

Diese Bruchetta.

Sie versprechen dir alles, was du von einem guten Leben erwartest.

Du hast dieses Pärchen im Kopf, wie sie sich in Venedig ungeniert herumräkeln und sich gegenseitig mit diesen heißen und so lecker aussehenden Bruchetta füttern.

Du hast das Bild deiner Frau im Kopf, wie sie vor fünfundzwanzig Jahren ausgesehen hat, sagen wir mal, als sie gerade neunzehn Jahre alt wurde.

Jetzt weißt du wieder, warum du deine Frau mal scharf fandest.

Und dann hast du diesen Geschmack im Mund.

Du hast noch niemals zuvor diese verdammten Bruchetta gekostet, aber du weißt jetzt schon, wie sie schmecken. Und sie schmecken genauso, wie du dir schon immer vorgestellt hast, dass sie schmecken sollen.

Du kaufst sie.

Du denkst, dass ihr genauso gut aussehen werdet, wie dieses Pärchen.

Du und deine Ehefrau, die vor deinem inneren Auge plötzlich wieder neunzehn Jahre alt ist.

Ihr werdet auf dem alten Teppich liegen, der voller Hundehaare und Kotze von eurem Jüngsten ist und der nach Regen und verbranntem Plastik riecht.

Sie wird ein weites, schwarzes Negligé tragen, das die Speckringe um ihre Hüften und die hängenden Brüste kaschiert.

Vergiss nicht, sie ist wieder neunzehn Jahre alt.

Ihr werdet euch mit diesen Bruchetta füttern.

Ihr werdet heiß aussehen.

Das ist die Illusion, die du kaufst.

In Wahrheit torpedierst du diese Bruchetta mit unsichtbaren Mikrowellen und sie werden kein bisschen braun oder knackig, so wie es auf der Verpackung steht.

Oder so, wie es im Spot aussieht.

Im Kerzenschein deines romantischen Dinners stellst du fest, dass diese verdammten Dinger geschmacksneutral sind.

Sie riechen leicht nach Essig.

Die Champignons, die in der Werbung so prall und dick aussahen, sind in Wirklichkeit kleine, weiße Scheibchen, die wie die Rotze deines Sechsjährigen aussehen.

Der Parmaschinken ist einfacher Bauchspeck, den sie in einem leichten Orange eingefärbt haben.

Doch das ist die Illusion, die du kaufst.

Vergiss das nicht.

Menschenfleisch dagegen ist die absolute Wahrheit.

Du schmeckst alles.

Die Bitterstoffe.

Das Nikotin.

Den Alkohol.

Die ganzen Chemikalien in unserer Nahrung, die alle Muskelfasern aromatisiert haben.

All das Leid und den Schmerz, der die Steaks aus deiner Hüfte zu einer sauren und zähen Angelegenheit machen.

Trotzdem ist das die Wahrheit.

Du bist, was du isst.

Mein geistiges Tagebuch notiert: Die Prämisse, um die es hier geht, ist die Darstellung des menschlichen Überlebensinstinktes durchdrungen von Gleichgültigkeit.

Nimm die fettesten Menschen dieser Welt.

Nimm diese aufgedunsenen Kolosse, die immer weiter alles an Fressen in sich hineinstopfen.

Deren Organismus hoffnungslos überlastet ist.

Deren Talgdrüsen so viel Fett und Schweiß absondern, dass es als weißliche Substanz aus den zentimetertiefen Hautfalten heraus*kriecht.*

Warum wollen diese Menschen weiterleben?

Warum verlangen sie nicht sofort nach einer Kugel in den Kopf, der sie aus diesem Teufelskreislauf entfernt?

Erlöst.

Sag es mir.

Stell dir vor, du würdest von jetzt auf gleich auf 178 Kilogramm aufquellen.

Wie eine Handvoll Roggensamen auf einem durchnässten Torfboden aufquillt.

Dein Leben wäre bis zu diesem Zeitpunkt normal bis gut verlaufen.

Du hattest deinen ersten Sex mit durchschnittlichen 16,7 Jahren.

Du hast einen durchschnittlichen Schulabschluss.

Du hast einen durchschnittlich bezahlten Beruf erlernt.

Eine durchschnittlich gut aussehende Frau geheiratet.

Eine durchschnittliche Familie gegründet, in einem durchschnittlich großen Haus, in einer durchschnittlich guten Lage.

Solides Bankkonto.

Ein normales Sexualleben.

Und dann wachst du eines Morgens auf und bist dieses Monster geworden.

Was passiert?

Ich sag' s dir.

Dein gesamter Durchschnitt sinkt.

Deine eigene Ehefrau will nicht mehr mit dir schlafen.

Du würdest sie in der Missionarsstellung einfach erdrücken.

Sie kann dich nicht reiten, weil deine Fettpolster am Bauch es ihr nicht erlauben würden, deinen erigierten Penis in ihre Vagina einzuführen.

Auch von hinten wäre es problematisch.

Aber wir reden hier bereits von *Lösungen.*

Das *eigentliche* Problem ist: Du widerst sie an.

Niemand kann diese Massen von Fett attraktiv finden.

Außer, du bist pervers.

Und wer ist das schon wirklich?

Du bist irgendwann nicht mehr fähig, deinen Beruf auszuüben.

Du wirst zu einem Risikofaktor.

Für deinen Arbeitgeber.

Für deine Krankenkasse.

Für den Staat.

Weil alle wissen: Irgendwann wirst du Geld kosten.

Du wirst dir den Magen verkleinern lassen müssen.

Dein Herz wird verrückt spielen.

Du kannst die Beipässe, die sie dir gelegt haben, irgendwann nicht mehr an zwei Händen abzählen.

Deine Kniegelenke sind nur noch dünne, brüchige Knochenscheiben, die sich unter deinem Gewicht abgeraspelt haben.

Du bist ein Wrack.

Du absolvierst kostspielige Kuren in Spezialkliniken.

Du nimmst an Gesprächsrunden teil.

Das Thema: *»Wie vermeide ich Frittiertes?«*

Das Thema: *»Mein Gewicht und Ich!«*

Das Thema: *»Ich sage meinen Kilos den Kampf an!«*

Das Thema: *»Spezielle Stellungen für Schwergewichtige!«*

Besorgt dreinblickende Therapeutinnen, die nicht einmal die Hälfte von dir wiegen, erzählen dir in Einzelsitzungen, wie gut sie deine Probleme verstehen können.

Wie gut sie das nachempfinden können.

Sport kannst du vergessen.

Deine Knochen würden brechen.

Dein Herz würde versagen.

Und bevor du verreckst, wollen ein paar Scharlatane dir noch schnell ein paar Wunderpillen verkaufen.

Mit denen du garantiert Gewicht verlierst, ohne etwas an deinen Gewohnheiten zu ändern.

Zehntausend Kilometer weiter östlich stehen Tausende an einer unsichtbaren Linie und warten darauf, dass Hubschrauber vergammeltes Milchpulver der UN abwerfen.

Sie machen sich nicht einmal die Mühe zu landen.

Irgendwo in Tecumseh, Georgia, sitzt ein weißes, übergewichtiges Kind mit seinen weißen, übergewichtigen Eltern in einem *Carls Junior* und bestellt gerade das XXL-Menü.

Burger, Cola, Fritten und ein Vanilleeis.

Es wird seinen Grundumsatz an Kalorien gleich um satte 800 Kalorien überschreiten.

Irgendwo in Afrika sitzt ein schwarzes Kind mit aufgeblähtem Bauch auf der Straße und stellt sich vor, wie es wäre, an einem Kanten Brot zu kauen, den der weiße, übergewichtige Junge niemals in seinem Leben anfassen, geschweige denn essen würde. Es hat seinen Grundumsatz an Kalorien in seinem ganzen Leben noch nie erreicht.

Und was denkst du jetzt?

Nimm dieses fette, übergewichtige Kind aus Tecumseh, Georgia, und beame es in die Horde hungernder Kinder, die sich nach nur einer festen Mahlzeit sehnen.

Das Welthungerproblem wäre sofort gelöst.

Mein geistiges Tagebuch notiert: Ich denke, ich bin seit mindestens sechs Wochen in meinem persönlichen Konzentrationslager und verspeise mich selbst in angemessenen Rationen.

Ich notiere: Der menschliche Verstand fokussiert sich in den dementsprechenden Situationen auf das Allernötigste.

Ich notiere: *Überleben durch Nahrungsaufnahme.*

Die Evolution ist nichts weiter als die natürliche Selektion.

Wir glauben vielleicht, dass das Prinzip dieser Theorie faschistisch ist, aber das stimmt nicht.

Ich bin der beste Beweis.

Ich habe jegliche zivilisatorische Disziplin und jegliches Bedenken hinter mir gelassen.

Ich esse mich selbst auf in der Hoffnung, irgendwann aus meinem persönlichen Konzentrationslager entlassen zu werden.

Mit möglichst vielen Gliedmaßen.

Meine Hoffnung ist die moderne Medizin.

Wenn auch nur die Hälfte von dem, was berichtet wird, tatsächlich möglich ist, dann habe ich gute Karten.

Tolle Prothesen aus legiertem Titan erwarten mich.

Vollautomatische Spezialkonstruktionen, erdacht von bestbezahlten Ingenieuren, erleichtern mir den Alltag.

Ich sehe feinste japanische Technologie; eingebaute Miniaturchips, die mir ein authentisches Gefühl aus meinen künstlichen Armen und Beinen in die Nervenbahnen transportieren.

Toyota – Alles ist möglich …

In hundert Jahren wird der Mensch nicht mehr zu sterben brauchen.

Sterben wird dann nur noch eine temporäre Phase sein, eine Modeerscheinung für Exzentriker, *très chic,* weil man die Wahl hat. Manischdepressive Künstler werden mit 142 Jahren sterben, weil sie nicht mehr von der Muse geküsst werden. Vorher hat ihnen ein vollartifizieller Organismus von *Atari* das natürliche Leben um knappe 65 Jahre verlängert.

Und auf dem Sterbebett, kurz vor dem Abschalten des Power-Schalters, sagen sie:

Ich hätte der Welt noch so viel geben können.

Frauen im Alter von 237 Jahren, geliftet und mit implantierter, platinblonder Lockenpracht, gebären gesunde Kinder aus ihren garantiert rostfreien Gebärmuttern von *Sony*.

Ein Lehrer aus Schweden gewinnt mit 192 Jahren Wimbledon, dank der neuen optischen Nervenfasern von *Phillips*. Kybernetisch gezüchtete Hautnetze der Firma *Samsung* lassen eine 209 Jahre alte Mexikanerin zur neuen *Miss World* werden.

Mein geistiges Tagebuch notiert: Ich habe eine glänzende Zukunft.

Ganz egal, was von mir übrig bleibt.

Black Wonderland Pt. 2

Ich sehe die Wahrheit.
Ein großes Wort.
Wahrheit.
Doch die Last der Lügen wird immer größer.
Wir selbst sind die Lüge,
wir sind verloren,
wir sind verbrannte Göttlichkeit,
die aus einem stinkenden Körper fliehen will.

Ich habe damit Schluss gemacht. Mich kann nichts mehr retten. Ich habe allem entsagt und werde frei sein zu hassen. Ich werde eure friedliche Welt zerstören. Ich werde sie verbrennen, werde alles, für das ihr steht, an das ihr glaubt und das ihr liebt, durch meinen Hass vernichten. Es ist der brennende Tropfen, der alles entzündet. Ich bin nur das Organ der Explosion. Ich wurde geboren, um zu **zerstören**. Jeder Mensch muss Schmerz spüren, muss Schmerzen zufügen, muss einen anderen Unschuldigen verletzen und sich über dessen vergossenes Blut freuen. Der Mensch ist destruktiv. Er ist eine darwinistische, Genuss verschlingende Maschine, die auf die Lichtblitze der Dinge und der Ereignisse mit Endorphinausschüttungen reagiert. Offene Mösen, von denen die Feuchtigkeit der Dekadenz auf unsere heiligen Häupter tropft, steife Schwänze, die sich in Metallsärge legen und Blut klebt an unseren Händen.

An den Händen aller. Wir waren einst nichts als ein stummer Fötus und wir werden zu Asche. Wir morden in unseren Träumen und in der Realität leben wir diesen Traum als morschen Stumpf.

Bevor wir in den Strukturen unserer Väter unsere lebenswarmen Körper schon zur letzten Ölung vorbereiten, zertrümmern wir die Pfeiler, auf denen sie stehen, verbrennen die Felder, von deren Früchten sich ihre Brut nährt. Denn wir sind einzig und wir wollen Geschichte schreiben mit unserem eigenen schwarzen Blut.

Ein Türklopfen.

Jemand mit grauen Haaren macht auf. Er sieht mich an. Er ist sehr erstaunt. Ich schlage ihm mit der Faust in sein Gesicht. Verblüfft stolpert er in den Flur seines kleinen Reihenhauses zurück. Ich schlage noch einmal zu. Ich schlage ihm diesen idyllischen Ausdruck aus seiner verdammten Fresse. Mehr als einen zweiten Schlag verkraften die meisten nicht. Ich riskiere einen dritten, nur um zu sehen, wie sein feistes, fettes Gesicht wie eine Wurst aufplatzt. Dann trete ich ihm mit dem Absatz meines Stiefels in sein geschwollenes Gesicht. Blut fließt auf den Boden. Ich steige achtlos über dieses Stück Fleisch hinweg. Ich öffne die nächste Türe. Eine Frau in einem dieser langweiligen beigefarbenen Hosenanzügen sieht mich aus tief liegenden Augenhöhlen an. Sie hält einen Pinsel in der Hand. Sie steht vor einer Staffelei, darauf weiße Leinwand mit ein paar Farbschmierereien. Sie möchte wie eine Künstlerin aussehen, mit dem dezenten Makeup und diesem aristokratischen Gesichtsausdruck. **Künstler** sind falsche Fotzen, die intelligent sein wollen, jedoch nur zur Hochkultur der herrschenden Klasse gehören. Sie kreischt kurz auf, als sie realisiert, dass ich ein ungebetener Gast bin. Ich reiße ihr an den Haaren und drücke ihr die Kehle zu. Sie röchelt und lässt den Pinsel fallen.

Ich schlage ihren Kopf gegen das Bild. Nun klebt Farbe an ihrem Haar. Der aristokratische Gesichtsaudruck ist gewichen. Sie würgt. Ich schlage meine Faust gegen ihre Schläfe, sie fällt um und bleibt ohnmächtig liegen. Langsam schleppe ich sie auf die Couch und lege ihre Beine über die breite Lehne. Dann öffne ich ihre Hose und ziehe sie ihr bis über die faltigen

Knie herunter. Ihre Möse sieht aus wie ein amputierter Blutegel. Als ich in sie eindringe, stockt mir nicht einmal mehr der Atem. Selbst das Ficken ist zu einer kalten, kargen Routine geworden. Ich stoße in diesen fremden Körper und stelle mir vor, wie sie Kinder gebärt, kleine Monster mit drei Augen und Schlangenhaut. Ich spüre, wie mein Sperma in sie pulst. Ich ziehe meinen schlaffen Schwanz aus ihrem leblosen Körper und lasse sie liegen. Millionenjahre alte Schemata der Befruchtung tanzen auf meiner Großhirnrinde. Wir haben uns aus dem Ursumpf in eine technokratische Welt der Hochhäuser gefickt, jetzt ficken wir uns zurück in die Sümpfe des Primitiven.

Ich konnte Fotzen riechen.

Sie rochen gut.

Es ist etwas Böses daran, das in uns das Böse weckt.

Ich habe sie beide in der Toilette gefesselt.

Blutspuren.

Alles rot.

Ich grinse.

Ich sehe diesem alten Wichser in sein verbrauchtes, aufgeplatztes Gesicht.

Sein Kopf lehnt gegen die Schüssel, in die er und seine Brut jeden Tag reinscheißen.

Er sieht kaputt gemacht aus.

Ich sehe ihn schweigend an.

Er rührt sich nicht.

Ich gehe die Treppe hinauf, die erste Tür links.

Da sitzen sie, die Fotzen, die ich gerochen habe.

Sie sitzen auf dem Bett, vor sich haben sie eines dieser bunten Jugendmagazine ausgebreitet.

Sie sehen mich erschrocken an, als ich die Türe schließe und den Schlüssel in meine Hosentasche gleiten lasse. Ich gehe auf die beiden zu und verpasse der Ersten eine Ohrfeige. Sie heult sofort los. Die Zweite klammert sich an der Bettdecke fest. Vielleicht pisst sie sich gleich ein. Ich gehe auf sie zu und reiße ihr diese verdammte Bettdecke mit den darauf gedruckten rosafarbenen Bärchen weg. Dicke Tränen laufen ihr über die Wangen. Ich reiße sie an den Haaren zu mir und drücke ihren kleinen Kopf gegen den Reißverschluss meiner Hose. Sie soll meinen harten Schwanz in den Mund nehmen, überlege ich mir.

Ich klammere meine Hand eisern um ihren Nacken und hole ihn raus. Ich sage ihr, sie soll ihn in den Mund nehmen. Sie schüttelt den Kopf. Ich drücke fester zu. Sie heult nur. Es reicht mir langsam. Ich drücke ihren Kiefer mit meiner freien Hand auseinander und stecke ihn einfach in das schwarze, feuchte Loch. Ihr Mund ist warm. Ihre Zunge gleitet unfreiwillig über meinen Schwanz. Dann passiert es auch schon. Der Saft läuft ihr aus den Mundwinkeln heraus und tropft auf ihr T-Shirt. Sie muss würgen und übergibt sich neben dem Bett. Ich lache. Dann reiße ich dieser anderen kleinen Fotze das Kleid herunter und drehe sie auf den Bauch.

Sie schreit. Sie will natürlich fliehen, doch wohin? Ich reiße ein paar Seiten aus dem Magazin und stopfe sie ihr in den Mund. Dann ziehe ich ihr das kleine, weiße, unschuldige Höschen zur Seite und stecke ihr meinen halb steifen Schwanz in den Arsch. Alles, was ich höre, ist ein leises Wimmern. Die andere kleine Fotze steht daneben und sieht mir fast neugierig dabei zu, wie ich ihre kleine Freundin ficke. Ich ziehe ihn wieder raus und spritze auf das Kleid. Dann befehle ich ihr, meinen Schwanz sauberzulecken. Sie will nicht. Ich verpasse ihr eine Ohrfeige. Ihr Gesicht wird puterrot und blutig. Dann leckt sie meinen Schwanz mit einem verzerrten Gesichtsausdruck sauber. Wie in Trance leckt und schluckt sie. *Braves Mädchen.*

Dann schreit sie wieder. Immer wieder, laut, grell, zermarternd. Immer wieder Schreie. Ich greife nach dem Magazin und schlage es ihr in das Gesicht. Hochglanzseiten in ihrem aufgeblähten Mund.

Ihre Schreie werden leiser, dumpf, verstummen.

Ihre Augen sehen mich an.

Sie wirken tot. Sie wirkt tot.

Wie die restliche Welt.

Ich lebe.

Wir haben alles gewollt und alles bekommen.

Nun ertrinken wir in unserem eigenen Schmutz und schließen die Augen vor unseren Taten.

Stopfen uns die Ohren zu, damit wir unsere eigenen Schreie nicht mehr hören müssen.

Schneiden uns, bis Blut kommt, damit wir wissen, dass wir sind.

Wir sind die Betäubung unseres Selbst.

Wandelnde, dumme Kinder auf dem schmalen Grat, der zur Apokalypse führt.

Niemand ist imstande, sich dieser Maschine zu verweigern.

Was wollen sie?

Was tun sie?

Wir wollen alles.

Ich sitze in einer Untergrundbahn. Ein seltsamer, fauliger Geruch liegt in der Luft. Alles ist in ein Kobaltblau getaucht. Ich werfe einen Blick auf den Boden der Untergrundbahn: Der Boden aus Metall ist löchrig, wie ein Schweizer Käse. Mich überkommt das Gefühl, dass ich durch den Himmel tauchen und meine Knochen auf dem steinharten Boden zerbersten werde, wenn ich aufpralle. Ich bin ein an die Zeit Gefesselter, gelähmt in seinen Bewegungen, beritten von der Angst, in ein saugendes, schwarzes Loch zu fallen, das mich aufweicht und für eine bessere Zeit konserviert. *Wir sind nicht für die Ewigkeit geboren*. Ein dumpfes, dröhnendes Geräusch dringt an meine Ohren. Es ist das Aufbäumen eines Dampfkessels oder der sich ausdehnende Atompilz in Hiroshima. Ich weiß es nicht. Und es ist auch nicht interessant. Ich bin hier, in dieser schillernden Halbwelt, in diesem Traum, der aus demselben Stoff ist, wie die Realität. Dieses Geräusch ist das Nagen der Fäulnis, ist die Verwesung, die uns wie ein blutrünstiger Tausendfüßler verfolgt und das von uns Erschaffene mit dem Schleim der Sinnlosigkeit überzieht. Überall Rauch, dichter, weißer Rauch, und dann springt die Tür zur Fahrerkabine auf – ein elfenbeinfarbenes Skelett schaufelt abgerissene Menschenköpfe in den Ofen und grinst mich an …

Unsere Machenschaften sind nichts als Gelüste: Mord, Totschlag, Vergewaltigung. Wir lieben es. Wir gehen auf, im ewigen Kult des Todes, stolpern über unsere eigenen schwachen Seelen und reiten mit ihnen in die unbekannte Nacht. Der Rauch der Gepfählten steigt auf in den Himmel – es riecht, als hätten sie um Gnade gebettelt – nichts scheint so, wie es ist. Der Rausch ist ein so heiliges Mittel – der Rausch des Blutes, der Rausch der Paarung, der Rausch des Todes. Wir sind der Schweiß auf einem göttlichen Körper, weggewischt in die Endlosigkeit des Universums; jeder birgt einen Widerspruch in seinem Herzen, jeder ist ein Bein, das auf dem Weg bricht, jeder ist eine nackte Hand, die im Feuer lodert – nichts ist so, wie es scheint.

Ein alter, gebrechlicher Mann sitzt mir plötzlich gegenüber. Seine Augen sind wie Höhlen, die mit dunkler Pisse aufgefüllt worden sind. Kleine Facettenaugen von uringetränkten Insekten. Starrend, alles absorbierend, alles sehend, wie eine radiäre Kamera. Die Pisse stinkt aus allen Löchern, aus jeder Pore, aus jedem Jota Fett und Fleisch dringt der beißende Geruch. Die Flechten, die er im Hirn tragen muss, sind allgegenwärtig und nicht zu leugnen. Langsam öffnet er seinen Mantel – unter dem schweren Stoff des Mantels verbirgt er eine knochige, schleimige Kraterlandschaft, die seine weggerissene Bauchdecke entblößt.

Er ist ein Invalide, ein transsexueller, blutiger Cancan-Tänzer auf den Gräbern der Kriegswaisen, ein Funken Intelligenz in einem übel riechenden Haufen Hundekot, ein Fetzen rohes Fleisch, das verlassen an einem Weidezaun baumelt. Er ist menschliches Paraffin. Er ist verschmortes, öliges Fleisch, das in olivgrünen Uniformen durchgarte und nun serviert werden kann. Ich krieche in diese Wunde, mache mich ganz klein, damit ich mich durch das ganze saftige Fleisch hindurcharbeiten kann. Meine Zähne hauen sich in ein Stück Arm, einfach durch die Uniform hindurch, ich reiße es ihm von den Knochen, zertrenne Sehnen, lasse dieses breiige Stück Hirn durch meinen Mund hindurchfließen, reibe es über meine Backenzähne, die zu glühen beginnen. Ich schlucke es roh. Ich durchbeiße Gurgeln, trinke Blut literweise, lache wie ein Geisteskranker, marschiere durch faulige Eingeweide. Ich fresse wie eine Maschine, die über ihren Schaltkontakten Menschenhaut trägt. Ich fresse mich durch diesen schier endlosen, qualvollen

Tunnel, bis ich auf einem großen Platz stehe. Und hier bin ich nur einer unter Tausend. Mein Mantel – schwarzes Leder. Ich eine Maschine. Ich spüre die feine Blume aus Blut, die die Tätowierung unter meinem Arm verursacht. Die Nadel ritzt die Blutgruppe auf ewig in mein williges Fleisch. Ich weiß alles. Ich kenne jedes Detail. Goldene, strahlende Totenköpfe prangen neben meinem Kehlkopf. Der Stolz ist mein Motor. Die Krankheit ist die ganze Rasse. Mein Helm – Stahl. Mein Glaube – die Verführung. Mein Feind – die Maschine.

Der Tod – eine rote Flamme, die mich von hinten erdolcht, doch es gibt keinen Tod, nur Sehnsucht.

Ich sehe sie vor mir: schwangere Frauen, Kinder, alte Männer. *Das Schlachtvieh.* Und ich bin ihr Schlachter. Ich und die Tausenden, Zehntausenden, Hunderttausenden, Millionen anderer Buhler, die sich aus der Asche formten und kalt wie Eis sich Gott gegenüberstellen. Durch mich hindurch fährt der heilige und ewige Prinzipal und ich drücke auf den Abzug: Der kalte Stahl der Maschinenpistole wird unter dem Feuerreigen warm. Kurze, erstickte Schreie erreichen mein Ohr: Reihe um Reihe fallen sie um, Arme, Beine, Köpfe vermengen sich zu einer toten Masse, häufen sich zu einem menschlichen Berg schier unermesslichen Ausmaßes.

Sie haben uns tausend Jahre versprochen ...

Ich bin ein Konzept, ein Wegzoll, der mit Blut bezahlt wird, ein Klumpen Verstand mit einem Gedärm, die Ewigkeit ist mir eine Verdammnis, ich bin der größte Poet, der jemals lebte. Denn ich glaube nicht an diese Lüge: Wie ein Prediger seiner Gemeinde hirnlose Gottesgesetze einprügelt. Diejenigen, die an eine Existenz glauben, die einem hundert Jahre lang dieselbe erniedrigende und unwürdige Substanz zum Kaputtnagen in den Fressnapf wirft. Diejenigen, die an Arbeit, Moral, Anstand und Fleiß glauben. Ich bin ausgezogen, um diese herrliche Welt in ihren Grundfesten zu erschüttern und kleine Kinder zu ficken und dann zu fressen!

Und all diejenigen, die seit dreißig Jahren in derselben Hitze derselben Fabrik ihr tägliches Kontingent Schweiß vergeudeten und nicht **eine einzige Idee** entwickeln können, wie sie dieser selbst auferlegten Qual entgehen könnten, können nicht verstehen, warum ich es tun will; ich will sie alle abschlachten, mit einer MP durch die Fabriken, durch die Schulen, durch die Straßen laufen, durch die nichts sagenden Geschäfte und sie alle mit meinen heiligen Projektilen zerfetzen.

Es ist ein mir fremdes Land. Ich sehe so viel Grauen, so viel Leid, so viel Blut wird vergossen. Es ist ein pressender, abschnürender, würgender Albdruck, der mich einfängt, der mir zeigt, wie viel Tier der Mensch imstande ist, wieder zu werden. Die Menschtiere, die dieses Land behausen, brauchen Nahrung, *Brennholz,* das ihren Stoffwechsel antreibt, das ihren stinkenden Organismus erhält. Der nagende, bloße und nackte Hunger steht ihnen in den Augen. Es regnet schwarzen Regen. Pisse aus dem Himmel. Dieser Ort ist verflucht. Er ist eine Vorkammer der Hölle. Wir haben vergessen, dass wir einst aus dem Paradies kamen, wir glauben nur, dass das Diesseits die paradiesische Enklave ist. Wie gefehlt, armer Irrer. Der Himmel hier ist aus schwarzen Leibern gegossen, die knorpeligen Körper der Menschtiere ist Fleisch gewordener Hass, mit geborgten Fleischfetzen überzogener Hass. Ihre Skelette sind in Wahrheit messerscharfe Lanzen, die sich durch das pochende Herz des Lebens bohren, und anstelle der Rippen liegen Dolche aufgereiht in ihren Seiten, gespannt wie die Saiten einer Harfe. Die Kälte ist unerträglich. Eine Gruppe von zerlumpten Menschtieren treibt ein zahnloses, altes Menschtier vor sich her. Das alte Menschtier schreit, stolpert, niemand dreht sich nach ihm um. Die Gruppe junger, frischer, wilder Menschtiere hetzt ihn weiter und weiter. Ihre Augen sind vom Wahnsinn verdreht und weisen keinen Funken Menschlichkeit auf – weil wir ihn niemals besaßen, diesen idiotischen Funken. Der träge, sinnlose Schmerz und der Instinkt sind die Gottheiten, sind die Köpfe unserer inneren Schlange. Ein Menschtier tritt vor das gestürzte Schlachtvieh. Über seinem Kopf schwingt er einen verrosteten Spaten, in der anderen hält er einen Strick. Er ist ein Hitler und ein Stalin, ein Karasow'scher Rasputin und ein halluzinierender Nostradamus. Er ist die Macht, die sich in schwarzes Leder hüllt, sich mit der Obsession parfümiert und diese durch unbändigen Willen zur Perversion transformiert, wie flüssiges Gold. Durchtrieben und umgeben mit den scharfen, stechend riechenden Rosen der Mystik, gebadet in den Meeren der Verführung, durch und durch Aura, durch und durch hässliche Wunde, durch und durch Mensch. Er ist das Symbol der zwei Schilde, der zwei Flaggen, der zwei Meere, der zwei Herzen, die in der Brust der Menschen schlägt. Er reift durch die Menge, er gewinnt durch ihren Glauben, durch ihre Verherrlichung – er ist das Unkraut, der Satan, der im feuchten Moos des Unwissens und der Trägheit heranwächst, begehrlich gepflegt und behütet durch die Hand der Dummen und Ängstlichen. Er ist das Unerkannte, das nachts durch die Gassen schleicht, stöhnt, sich gegen den Morgen aufbäumt, sich durch die Poesie der grauen Fäulnis der Städte und Herzen ernährt, der in urinbefleckten, aufgeweichten Hosen steckt, der nach der Blume des Lebens duftet – mitten im ozeanischen Begräbnis einer Rasse.

Die Menge tobt, sie keucht und dampft, stiert ihr Opfer aus rot glühenden Augen, ganz Dämon, ganz Übermacht. Sie teilt sich, bildet ein Spalier für ihren Anführer. Die Wut ist ein Bild, das sich stockend und irre eine Projektionsfläche sucht, sich in jede Zeitrechnung und vor die Füße der gesamten Menschheit manifestiert und uns als gelblicher Dampf wieder in die Nase steigt. Spaten werden erhoben, rostige Forken schwingen durch die Luft, Fäuste ballen sich zu Torpedos. Ohne napoleonische Würde trommelt die Armada über den armen Teufel hinweg, vergräbt ihn unter seiner Wucht, unter dem Feuer, das es entfacht.

Schreie gellen, Blut spritzt hellrot auf eine gekalkte Mauer, jemand beißt Stücke aus dem Schenkel.

Alle sind Teufel. Teufel einer ozeanischen Verschwörung, Tote, auferstanden aus einem grauenvollen Albtraum eines schwangeren Dämons. Die Kreaturen einer immerwährenden Nacht, die Schwestern der Gnade winseln um die Peitsche, das Echo des knallenden Leders, das ihre Haut aufreißt, schleift in ihrem Kopf hin und her, endlos. Alles erscheint mir sinnlos. Die Lyra aus Stahl klingt im Himmel. Sterne leuchten am Firmament. Wir sind einsam und werden es immer bleiben.

Ich schlage den Pfarrer nieder. Er ist weniger wert, als ein Haufen Scheiße. Es ist ein ordinärer Kerzenständer, der ihn am Kopf trifft und eine lange, nadelfeine Wunde aufplatzen lässt. Wie ein Vieh vor der Schlachtung wird sein Körper von diffuser Angst geflutet, er zappelt, wimmert, ergeht sich in hektischen, drangsalierten Bewegungen. Seine Augen in Panik aufgerissen.

Sie wirken wie Schleusen zu einem anderen Sein, seine feingliedrigen Hände zittern, jede Farbe weicht aus seinem Gesicht, so wie ein schwerer Stein allmählich im Dunkel eines tiefen Sees verschwindet und sich auf dem Grund ausruht, so lange, bis ihn jemand aus seinem Opiumschlummer erweckt. Ich lache ihm mitten in sein wächsernes, von Weihrauch gespeistes Gesicht, dann ziehe ich den Revolver und drücke ihm den Lauf in seinen Mund. Er pisst vor Angst über seinen eigenen Altar, über die aufgeschlagene Bibel, über seine Reliquien, über den armseligen Propheten, den sie für eine Illusion an das Kreuz nagelten. Es ist gröbste Blasphemie, und der Pfarrer will endgültig zusammenbrechen, doch ich lasse ihn nicht. Die Last der Beleidigungen darf noch kein Ende nehmen.

Röchelnd sackt er in sich zusammen. Dann zieht mein Finger am Abzug. Automatisch, wie eine Maschine, gut geölt, ohne Gewissen, die Funktion erfüllend. Ich spüre, wie seine Kraft durch meine Poren aufgesogen wird, wie sie in mich übergeht, wie mein Herz seinen Druck verdoppelt; ich bin ein Halbgott, der sich aus dem Leben, aus der blutigen Hülle herausschält und in einem goldenen Lichtkranz in die Quelle aller Dinge aufsteigt, wie ein Phönix. Ich lache. Ich weine. Ich springe auf und ab, tanze und drehe mit rollenden Augen meine Kreise um den verendenden Pfarrer, der sich in die Hosen scheißt. Ich spucke auf ihn, lache über ihn, pisse ihn an – er ist ein Sklave der Lüge und wird es immer sein.

Ich sollte mich unfassbar schlecht fühlen. Doch die Wahrheit ist: Mord und Vergewaltigung ist Geilheit. Wir töten aus Wolllust. Das macht den Menschen unberechenbar: Er kann überall und zu jeder Zeit auftauchen und seiner Wolllust frönen. Ohne verchromte, kunstvolle Waffen oder ferngesteuerte Bomben würden wir wieder Steine nehmen, um unseren Gegnern die Schädel einzuschlagen, ihnen mit unseren bloßen Fingerkuppen die Augen auszukratzen und einzudrücken, sie so lange mit unseren Faustschlägen malträtieren, bis sie unter der Wucht einfach einknicken und sterben. Wir töten aus Lust. Tausend heftige Orgasmen durchfahren uns, wenn wir einem anderen Menschen die Waffe auf die Stirn setzen; wir sind Gott, wenn wir abdrücken und Leben auslöschen. Und nur das ist es, was wir seit Anbeginn an sein wollen.

Allmächtig.
Jeder Einzelne.

Eine Sekunde weiter, in der ich mich noch in diesem surrealen Karussell verfing, dann wachte ich aus diesem schlaflosen Traum im Traum auf und holte tief Luft. Ein unbestimmtes Gefühl jagte mich, wie flüssige Elektrizität. In ein schwarzes Loch gehüllt, sog mich ein frostiges, stummes Nichts auf.

Gleißendes Licht gießt mich in unbekannte Sphären des Universums. Ich durchschieße die Zeit in Momentaufnahmen, wie ein Diafilm, dessen Programm wir in- und auswendig kennen, dessen Projektionsfläche nicht die weiße Leinwand, sondern mein Gehirn ist.

Süßes Leben, gebannt in eine Zeit aus Blumen und Blut; wir sind die Poeten dieser Erde, wir sind die elektrischen Götter, die sich die Brust mit zersprungenem Glas aufreißen und Huren unser Blut trinken lassen; wir sind gebrandmarkt durch die Liebe, sterben einsam unter dem Himmel einer asiatischen Nacht mit wehenden Flaggen und erdolchtem Herz; was sind wir stark und schwach zugleich – ich zerfließe in Leidenschaft und bin doch hart wie Stein, ich lebe einhundert Leben mit den Gesichtern der Schöpfung, die sich mir preisgaben; sind wir alle Fetzen eines riesiges Kleides aus Haut, anschmiegsam und warm, sicher und ruhend? Ich fühle meine Adern, die sich mit der Gegenwart füllen – ich verlasse diese Sphäre und fliege durch die Welten, die da warten. Endorphine antworten; ich bin ein Akkord Gottes, amplifiziert durch das Wagnis dieses Lebens; ich bin nur ein Traum, wie ihr es seid, erbaut aus Atomen, gebettet auf Pistolen und Rosen. Und über mir ist die Nacht – sie entfacht sich zu unserem Song, den, den ich hörte, als ich in deinen Armen lag und starb. Wir sind die Überlebenden einer Katastrophe, die uns das Blut aus den Adern saugte. Ich will weinen. Ich bin der heißeste Ritt dieser Nacht, mein Baby, und weine nicht, wenn ich gehe … Kalt, kalt, kalt und elektronisch ist diese Welt, und wir sind die Transistoren, deren Vorstufen verzerren. Wir sehen Hundeschwänze in feuchten, vor Geilheit geweiteten Fotzen, Pferdepimmel, an denen weiche Lippen saugen, Arme, übersät mit den weich gezeichneten Wunden der Sucht, wir sind nur kurz ausgestiegen, um Rast zu machen und die Krankheit in unseren Köpfen etwas zu lindern: Wir sind in der Gegenwart. Glasklar ist der Spiegel, in den ich sehe; meine Neuronen fangen Feuer, ich bin ein neuer Gott, der primitive Rituale stampft; ich bin meine eigene Droge, die weiß, dass die Liebe mein Alles ist.

Ohne die Zärtlichkeit deiner Augen bin ich ein verlorener Geist, der durch die Nacht rennt, nichts anderes. Alle kämpfen für das gelobte Land … doch du wanderst im feuchten Gras dahin, du bist so weit entfernt.

Ja, ich bin zerstört, bin ein verwirrtes, krankes, erschöpftes Wesen, das nach Schmerzmitteln schreit.

Valium mein Bote, der den Weg sich bahnt. Ich bin voller Schmerz, süßem Schmerz, der mich aufrichtet, mich elektrisiert, mich meine Sehnen spüren lässt; ich bin ein Splitter in einem madigen Körper, und doch ist er wunderschön. Grau legt sich über das mutlose Blutrot der Abendstunde, ich würde beten für Menschen wie mich.

Würde ich doch nur glauben.

Ich fühle, wie der Stahl meinen Körper durchdringt. Die Seelen der Verdammten entweichen mir. Schwarz ist das Wasser in diesem Tal. Wie sollte es auch sonst sein. Eine leere Filmrolle dreht sich in meinem Kopf. Schallwellen explodieren und es ist kalt. Heiße Asche fährt in mich, ich blute aus allen Poren. Das letzte Bild vor meinem inneren Auge: Ich bin ein Kind. Ich hebe einen Ball aus einer Pfütze auf und wiege ihn in der Hand. Als ich das Gewicht des Balles in der Hand spüre, fühle ich mich wie ein großer Spieler vor seinem Abschiedsspiel.

Alles zu seiner Zeit

Deine Lippen so blau.
So kalt, wie Stahl, als ich sie berühre.
Ich sehe das Weiß deiner Augen
erst jetzt im Halbdunkel.
Ozeane; weit entfernt schwimmt deine Seele.

Du warst eine Blume
gepflanzt in duftender Erde.
Du wurdest berührt
von der Dunkelheit.

Lachen,
das niemand hört
und Lippen,
die niemand sieht.
Und Stimmen,
die nur kommen
zum Vollmond.

Dein Balch aufgeschlitzt so blutigrot
und doch verdeckt durch sauber weißes Tuch.
Man könnte meinen, du fährst hinauf in den Himmel
anstatt in die Hölle …

Wir singen Lieder, singen Lügen
und das Kreuz und der Priester und die Dreifaltigkeit:
Sie nehmen nicht Sühne
und nehmen nicht Stolz.

Tränen fallen auf das Ebenholz,
das dich umrandet.
Deine Augen strahlen so blau.
Wir sahen nie gemeinsam den Sonnenaufgang.
Doch alles zu seiner Zeit.

Ich sehe dich im Ozean der Ewigkeit.

Nihilistic Degenerator

von Stiff Chainey und Thomas van de Scheck

Nihilistic Degenerator ist ein intensives Portrait verdrängter Realität: Eine brachiale Momentaufnahme, die zugleich Spiegelbild einer kaputten Gesellschaft, als auch die Demontage jedes moralinsauren Gutmenschentums ist. Fade Begriffe wie "Gesellschaftskritik" greifen hier nicht und sind auch zu einfach, denn sie erfassen das subversive Wesen des Degenerators nicht. Stiff Chainey ist weder naiver Moralist, noch gutgläubiger Reformist. Er gibt keine selbstgerechten Antworten. Er will den gesamten Status Quo dekonstruieren. Die Gesellschaft und das Individuum erschüttern.
In das narrative Zentrum rückt Chainey Individuen, die er als „Abschaum und Untermenschen“ bezeichnet. Es sind diejenigen Menschen der Masse, die sich dumpfer Befriedigung hingeben, die ihr Leben nicht als „Delikatesse“ begreifen wollen, sondern lieber der Lüge von Sicherheit erliegen und sich mit den vielschichtigen modernen Versionen von Brot und Spielen betäuben.
Seine Vision ist tatsächlich die des Übermenschen, im Sinne eines selbstbemächtigten, frei denkenden Individuums, der sich keinem Massenzwang und keiner Sklavenmoral unterwirft.
Im tiefsten Herzen ist Stiff Chainey ein ambivalenter Anarchist, der unpopuläre Meinungen und Ansichten vertritt. Er ist heimatlos, keiner Szene zugehörig, mit einem sehr eigensinnigen, aus diversen Subkulturen inspirierten Stil. Die transgressive Natur seiner Werke polarisiert und stößt manchen unbedarften Leser ab.
Niemand hat jemals behauptet, Stiff Chainey schreibe für den Mainstream. Er schreibt für, wie er es nennt, a few outstandig individuals, die seine Vision teilen.

Edition Esoterick (Broschiert - ab Juni 2009)
Preis: EUR 16,90

Trash, Sleaze, Porn, Gore ...

„... Stiff Chainey steht für bezaubernd kranke Trashliteratur vom Feinsten! Wer sich in seine Welt begeben möchte, bekommt mit „Tales from the Backseat" Ströme von Blut, ausgehebelte Gesetze und konsequenzfreies Handeln en mass geboten. Und das alles in einem Kontext, wo Sex, Drugs & Rock'n'Roll noch großgeschrieben werden ... und Anarchie sich wie ein blutroter Faden durch immer schräger werdende Geschichten zieht ... Stiff Chainey rulez und tritt der halbintellektuellen Literaturwelt ganz gehörig in ihren breitgesessenen Arsch !!!"

(Thomas van de Scheck)

„... dem entsprechend werden zart besaitete Normalsterbliche, Moralapostel und verängstigte Eltern in diesen nicht gerade jugendfreien Zeilen ihre schlimmsten Albträume und Vorurteile bestätigt finden ..."

(My Revelations Magazin)

ISBN: 978-3-8334-6176-7

Überarbeitete Neuauflage